Sophie Kleinert

Wahrheit - Volksschauspiel in drei Aufzügen

Sophie Kleinert

Wahrheit - Volksschauspiel in drei Aufzügen

ISBN/EAN: 9783743645226

Hergestellt in Europa, USA, Kanada, Australien, Japan

Cover: Foto ©Andreas Hilbeck / pixelio.de

Weitere Bücher finden Sie auf **www.hansebooks.com**

Wahrheit.

Volksschauspiel in drei Aufzügen

von

Sophie von Khuenberg.

Dresden, Leipzig u. Wien.
E. Pierson's Verlag.
1897.

Erster Aufzug.

(Kirchweihfest. Links das Wirtshaus mit Tischen und Bänken und daranstoßendem Tanzboden. Rechts die Kegelbahn. Im Hintergrund ein freier Platz mit Schießbude, Wurstkessel, Lebzelterbuben. Man sieht allerlei Volk sich bewegen, Kinder springen hin und her, Musik, Geschrei, Tanz. Der Pflügelhofbauer, Pfarrer, Lehrer und andere schieben Kegel.)

Pflügelhofer. Safra, des war einer! Hiaz aber, Hochwürden, hiaz nur glei den durtn danischeiben.

Pfarrer (schiebt). Eins, — zwei — hat ihn schon!

Pflügelhofer (trinkt einen Schluck). Das war der richtige. — Hiaz nur aufpaßt, Toni. —

Toni. Aufstelln, aufstelln sag i, in die volln scheib i allemal an liabstn —

Bursch (hänselnd). Freili wol, weil's halt's leichteste is. —

Toni. Was woaßt benn Du? — Du unausbrüats Pieperle Du —

Bursch. Was sagst? Willst mi etwan gar soppan Du? — Da schau her — (stellt sich kampfbereit.)

Toni. Mit'n kloan Finga schupf i di auf d' Höh —

Bursch. No wart nur, Du großmauliger, Du — (geht auf ihn los, sie ringen.)

Pflügelhofer. Stad sein müaßt's, denn grad alleweil raufen —

Pfarrer. Schämt Euch so Nachbar gegen Nachbar (wendet sich unwillig ab.)

Toni (den Burschen kämpfend nach dem Hintergrund drängend) So — hiaz lauf za Deina Muata und laß da an Reinling geben auf den Schreckan — (er überwältigt ihn und der Bursch verschwindet unter Lachen und Hetzen der andern mit drohend geballter Faust im Hintergrund.)

Toni (selbstbewußt). A so a heurigs Büabel und trauat si feck sein —

Pfarrer (tadelnd). Das ist kein Sieg, auf den man stolz zu sein braucht.

Toni (scherzend). Is halt sunstan koa richtige Kirchweih, Hochwürdn —

Lehrer. War immer ein Raufbold, von der ersten Klasse an —

Pflügelhofer (mit dem Pfarrer sich zu Kathrein an den Tisch setzend). Ehrli gstandn, Hochwürdn, i war a net bessa als Bua — is a so a Hitz drein in den jung Bluat, — de muaß aussa, so oder so!

Pfarrer (nebenbei). No, gäb schon noch was Besseres, zu dem man's brauchen könnt' —

Mirzl (vom Tanz kommend). Gebt's ma an Wein, Vada, — völli verdurstan kunnt ma heunt —

Pflügelhofer (reicht ihr den Krug). Nur net eppa rauschi wern.

Mirzl (absetzend). Ah, dees war guat —

Kathrein. Wo is denn d' Rosi?

Mirzl. Ah, der junge Herr von Gschloß hat's angredt, si sullt was singen, — aber sie mag net, si schamt sie.

Kathrein. A so a dalkats Dearndl —

Pflügelhofer (zum Pfarrer). Singt wia a Lerchn — aber zuahörn derf halt balei neamd.

Pfarrer. Und singt so schön in der Kirche, die Rosi —

Pflügelhofer. Halt ja, am Chor drobn, wo's koa Mensch net siacht.

Toni (mit dem Glas hinzutretend). Deine Dearndln sulln lebn, Nachbar und bal amal an Tuchtersuhn brauchast, — i wisset oan —

Pflügelhofer. Kunnt scho sei —

Mirzl (scherzend). Geh weita, i suach ma scho selba oan, der ma gfallt —

Toni (ebenso). Leicht mag aber der di net —

Mirzl. Geh zua, mi werd eppa oaner net mögn!

Toni (neckend). No, wannst halt Du mi net magst, — is ja b' Roserl a no da —

Mirzl. O mei, de denkt auf koa heiratn, koa bissel net.

Andrer Bursch (vom Tanzboden). No kimmst, oder kimmst net, Mirzl — i wart scho so hart auf di —

Mirzl (lachend, noch einen Schluck trinkend). Ja, ja, i kimm scho — jessas mei Buschen — (ab.)

Alter Bauer (vom Tischende herauf). Saubre Menscha, Deine Dearndlan, sulln lebn, Nachbar. (stößt mit ihm an).

Pfarrer (sein Glas hebend). Ich mein halt auch, der Bernhard ist ein braver Bursch —

Pflügelhofer (ihm Bescheid thuend). Is eh wahr, Hochwürdn, is eh wahr.

Susi (zu Kathrein). Wo steck er denn der noblige Bua? Hat er si etwan gar an Schatz aufzwickt?

Kathrein. Ah belei — der schaut koane net an, — nur arbeitn, nix wia arbeitn und a weng in die Berg umananda stroafen — net amal mit seine Gschwista macht er van Gspoaß . . .

Susi. Geh zua, is völli schad um den Buabn — so viel sauber is er —

Kathrein. Ja, is halt a Kreuz —

Susi (neugierig forschend näherrückend). Letzn hat wer dazölt, er gangat alleweil zan Geschloß auffi — de neuchen Summergäst thatn 'n gar so viel guat gfalln —

Kathrein. Ah mei, was d' Leut plauschan —

Susi. Weil's halt Stadtleut san, gel ja, — is denn richti wahr, daß der Bernhard vo Stadtleut is —

Kathrein. Ah, lass gehn — ma redt net gern davo — braucht a koan Menschen was z' kümmern — (protzig stolz). Ghört zan Hof, g'hört zan Haus und gar is . . .

Susi (schnippig). No ja — i moan halt bloß, — wann di der Anteil verdrießt, den ma nimmt, — i kan ja still sein a . . . (zieht schmollend ab.)

Kathrein. Is eh gescheida, — fürwitzig's Ding dees — (ein paar Kinder kommen auf sie zu). Ah — da seins ja de Menschlan no alsdann, — wia gehts denn da Muata, — han — is da Sturch eppa scho da gewen?

Kleines Dirndl. Ja — a kloans Büabl hat er bracht — kloanwunzi is —

Kathrein. No alsdann, halt wieder a Bua — hiaz gema's aber an, gelt ja, Bua, — mei Geldtaschl is ma eh scho z'schwer worn —

Der kleine Bua. I bitt schön, Frau Mam, an Reida möcht i.

Kathrein. No versteht si, an Reida — und d' Everl an Ends Trum von an Bussl, gelt?

Everl (nickt). Ja, a Bussl, was gar neama aufhört.

Kathrein (lachend). Ja, da schau her, — a jeds Bussl hört amal auf, Everl, — des war da freili a guate Erfindung! (geht mit den Kindern in's Getümmel).

Pfarrer (lächelnd). Die ham no die richtige Freud —

Pflügelhofer. Halt ja — und wern alle Jahr mehra bein Kernbauer —

Pfarrer (sich näher setzend). Und wie steht's mitn Bernhard? Hat er sich kloanweis erholt von sein Kummer, — oder schleppt ern noch alleweil umanander? Ich seh ihn jetzt selten —

Pflügelhofer (mit ärgerlicher Handbewegung). Der werd sein Lebtag net anders! Er trinkt net, er rast net, koan oanzign Dearndl steig er nach in ganzn Umkreis — wia a Heiliger leb er daher — und all's zwegn dera vermaledei . . .

Pfarrer (ihn unterbrechend). Nicht fluchn, Pflügelhofbauer — macht die Sach nicht besser — und daß der Bernhard so brav lebt, ist just auch kein Unglück!

Pflügelhofer. No ja, sel is scho wahr, aber s halt dengerscht an Unnatur und des Weibsbild is daran schuld, sag i.

Pfarrer. Freilich, recht ist's nicht von ihr, — aber wer schaut ihr in's Herz, wer weiß, ob nicht doch viel Kummer und Sorg drin lastet . . .

Pflügelhofer. I glaub's net. Aber zwegn den is a just net. Mir war's eh recht, wann si koa Mensch neama umschauat um nahm. I ghaltn gern — bin eh gar nia einverstandn gwest, daß er si um sei Herkunft bekümmert. A kreuzbraver Bua is er, sel is wahr und stark bei da Arbeit — meiner Sel i war net zwida, wann er mei eigener Bua war! (trinkt und raucht.) Des kunnt si zwar eh no machan — unser Rosi, — no, der Herr Pfarrer kennt's eh, sauber is und brav und heunt' kunnts in Pichlhuaber sein Sun kriegn, wann's wullt, — aber no, des Dearndla is halt alls zviel guat aufn Bernhard — — wia i sag, 's war alls in der Urdnung — i gebat ahm gern mein Hof — bin eh zeitweis scho müad — und de zwoa kuntan lebn, wia der liabe Herrgott selba —

Pfarrer. Nicht immer den lieben Herrgott verrufen, Bauer, aber sonst — ja sonst wärs freilich das beste. Er ist gar nit recht gscheid, der Bernhard, daß er sich an so ein unmöglichen Gedanken hängt . . .

Pflügelhofbauer. Freili net, freili net. Als a Bauer is er aufg'waxn und a Bauer sullt er halt bleiban! — Aber d'alt Wabi, de hat'n aufzappelt von kloan auf mit bera Munklerei von der nobligen Herkunft und bald er größer worn is, haben an de Buama ghänfelt und gfoppt und fo is halt alleweil hergagan, bis'n de Gſchicht z'dumm worn is. An denſelbign Tag, i gſiachn no, wia er z'haus kemman is, weiß, wia a Mauer, mit rollende Augn, wia a Wildkatz. A halbwüxigs Büabl war er no, aber ſtark und groß auf ſeine vierzehn Jahr. I ſteh in der Stubn, war juſt a Suntag — und zündt ma mei Pfeifl an, — geht die Thür auf mit an Fahrer und der Bernhard ſpringt auf mi zua und packt mi an Arm. Herr Vada, ſag er za mir, druntn in Grabn bei da großn Hollaſtaudn lieg der Bua von Brandmüller und bluat. I han an einigſchmiſſan, weil er gſag hat, i war net 's Kind zu den Hof und i war a wegglegt's Bankert, — un hiez Herr Vada, hiez will i wiſſan, was wahr is und was net. Und packt hat er mit beim Gwand und a ſo auffigſchaut za mir daß an Stoan hätt' derbarman müaſſan — — no und da han in eahm halt alls a ſo gſagt in da Kürzn und daß er freili ſo dabaher bracht war wurn, als a Koſtkind, mit an etlan hundert Guldn und an gſtickte Einbinddeckerle und daß in den Briaf, der dabei war, gſtondn is, mir ſulltan nahm ghaltan und aufziagn und ſpater kam ſcho wieder was nach — und daß aber nixmehr keman is, koa Geld und koa Brief — und daß er zwegn den aber do hiaz als Kind war badazu und er ſullt gſcheid ſein und net zualoſn auf des Gewaſch, vo die dummen Buama — und was ma halt ſo ſag, daß oana ſtad werd —

Zuagloſt hat er ganz ſtill und hat gſagt er dankct ſchön und 's war ſo recht a ſo und wullt brav ſein und net vergeſſan, was er ma ſchuldi war. Wie an

Alter hat er dahergredt a so einsichti, aber 's war halt
do net richti; seit dera Stund laßt er von den Ge=
dankn net ab, sei Muata außfindi z'machan, — de
ganzn Jahr her — — no, der Herr Pfarrer woaß
ja eh — — (raucht.)

Pfarrer. Ja, sonderbar ist's. Und so scheint
er doch zufrieden und arbeitsam.

Pflügelhofer. Arbeitsam scho — halt ja —
aber zfriedn net, na, zfriedn net. Is halt dengerscht
von an andern Stoff, als wie mir, woaß da
Teufl!

Pfarrer (nebenbei). Lassn ma den Teufel, Pflügel=
hofer, wir finden uns schon so auch zrecht, — (trinkt
einen Schluck.) Mir thut's leid um'n Bernhard, — ich hätt
ihm so gern gholfn, wie er vorigs Jahr zu mir kommen
ist und mir wieder sein Anliegen vertraut hat. Was
ich thun hab können, hab ich gethan. An die Gerichte
in Wien hab ich geschrieben und mein Freund, der
Doktor, hat Erkundigungen eingezogen dort und da, —
alles umsonst. Es war mir schwer genug, ihm das
sagen zu müssen. Der arme Bursch! Wie ein Ver=
urtheilter ist er dortgstanden, wie ich ihm gesagt hab:
laß es sein, Bernhard! Bleib, wo Du bist, wo man
dir gut ist, versuchs, h i e r glücklich zu sein! Die
Menschen, die Du suchst, die wollen nichts von Dir
wissen, sie verstecken sich vor Dir, wer weiß, ob Du
Gefallen an ihnen finden thätst. Wenn Du gleich von
ihnen abstammst, — jetzt bist Du ein Bauer und sie
sind Stadtleut. Das thut kein gut. Sie verstehen
D i ch nicht und Du verstehst s i e nicht. Schäm Dich
nicht, daß so ist! Der liebe Gott wird wol wissen,
warum er's so hat kommen lassen und nicht anders.

Und vielleicht blüht Dir Dein Glück grad dort, wo Du's nicht suchst! (trinkt einen Schluck).

Alles das hab ich ihm gsagt dazumal und daß er's gut hat bei Euch und noch allerhand so; aufgschluchzt hat er und mei Hand packt und i sollt nur net bös sein, aber is, wia der will, — er müassat sei Muata findan und er lasset net ab vo der Hoffnung.

Pflügelhofer (thut einen Schluck). Is gspoaßi mit eahm. Sein Vater fragt er net nach — aber afrat auf sei Muata is er völli versessan.

Pfarrer (nachdenklich, weich und ernst.) Ja, eine Mutter — man hat nur eine! Der die seine gekannt hat, der vergißt sie nimmer im Leben — und der's nicht kennt, der glaubt halt so a Mutta habn — das muß ein Stückl Paradies sein . . . (trinkt langsam, wie in tiefem Gedenken.)

Rosi (kommt langsam, mit verhaltenem Weinen).

Pflügelhofer. No, no, was is denn hiaz wieder los?

Rosi. Narrisch is er, der Bua, völli narrisch —

Pfarrer (leise). Aber Rosi, wer wird so heftig sein?

Rosi. Zerscht sag er, i sullt tanzan mit eahm, 's war heunt so schön und war halt do a Freud auf da Welt sein — und nacher — (es verschlägt ihr halb die Stimme.) Nacher kimmt de da daher, de Fräuln von Gschloß und sag, sie wullt do amal segn, wias tanzan war auf da Kirchweih und er sullt amal tanzen mit ihra, und tanzt sie mitn Bernhard, angstatt meiner —

Pfügelhofer. No, was han i denn g'sag, Hochwürdn?

Pfarrer. Gscheid sein, Rosi, weißt ja doch, daß der Bernhard ein eigener Mensch ist. —

Susi (hinter ihr auftauchend, spöttisch). I wanat eppa zwegn an Mannsbild, des fallat ma ein, — no dazua zwegen an solchan halbaten Bruada, — lass di auslachen —

Rosi (ihre Thränen trocknend). Ja, lach nur — was woaßt denn Du, wie mir is . . . (mengt sich wieder unters junge Volk).

Pfarrer (lächelnd, ihr nachblickend.) Ja, ja, da wär's freilich besser, wenn ich mein Segen dazu sprechen könnt' . . . (trinkt.)

(Gelächter, Lärm, Burschen und Dirndln kommen vom Tanzplatz, mit ihnen der alte Bonifaz, der auf einer Pfeife spielt und tanzt.)

Bauerndirn (ihn auf die Schulter klopfend). Da schaut's mein Schatz an, wia schön der's kann.

Bursch. Geh zua, sing uns a paar drei Gstanzln zan rastan — Wein her! (ein Mädel bringt Wein und Gläser.)

Bonifaz (zur Susi.) Was kriag i denn dafur, han?

Susi. A Bussel, aber a lezelternes — woaßt!

Bonifaz Oi jeh — — (schüttelt den Kopf, singt:)

> An Kirta giebt's Busseln
> Und picksüaßan Meth,
> Aber Busseln vo Lezelt,
> De mag i halt net! (jodelt.)

Susi. Schaut's denn an, wia hoafli er is, — so was!

Mirzl (sich in den Hüften wiegend).
>Am Fensterkreuz piepelt
>An uralter Spatz,
>Aber einisteign,
>Aber einisteign,
>Derf nur mei Schatz!

Toni (sich eitel reckend).
>Schöne Dearndlan,
>Schöne Buama
>Giebt's allemal gnua, —
>Aber schöner wia alle
>Is mein Dearndla sei Bua! (jodelt.)

(Nimmt Mirzl um den Leib und schwenkt sie herum. Burschen und Dirndln machen sich an den Buden zu schaffen, hängen sich Ketten und Herzen um.)

Toni (zu Mirzl.) No, kriag i koan Herzl?

Miezl. Wart a weng, i muaß erst an extras für di auffasuachan, seind all z' groß . . .

Toni (sich reckend.) Da schau her, Platz g'nua —

Mirzl. Du bist ja des Geld net werth —

Toni. Was b' net sagst, aber Dei lebendigs Herzl, gel ja, dees ghört scho lang mein?

Mirzl. Dees erst recht net, is vulla Ziwebn — kunnt's da in Magn verderbn —

Toni. Akrat des schmecket ma soviel guat — gel, murgn auf b' Nacht derf i ma's abholn?

Mirzl (singt).
>Auf da Alm weidt a Kalbl
>Und a milchweiße Kuah —
>Seind alle zwoa gscheiba,
>Wie a narrischa Bua!

Toni. Wia gscheida as Dearndl is,
Wia balda nimmt's an Mann —
Weil's ehnder ja do net
Glückseli wern kann! (juchezt und küßt sie).

Bonifaz. D' Weibaleut schimpfen
Und b' Manna erst recht
Und bal als beinander sein
Busselns net schlecht. (Ein Dirndl reicht ihm den Krug.)

Pfarrer. No, der Bonifaz läßt sich's halt immer schmecken.

Bonifaz (sich den Mund wischend). 's thuat si, Hochwürdn, 's thuat si. Wann da Brunn a Wassa gebn sull, hat mei Muata seli allemal gsagt, muaß ma halt schöpfan gehn, muaß i halt a dazuaschaun daß i net verschmachtan thua —

Pfarrer. Aber in die Predigt könnt er auch manchmal kommen, der Bonifaz . . .

Bonifaz. War i net in da Predi? A so was — hiaz, da schau her, das han i gar net gwüßt, daß i net in da Predi war!

Pfarrer. Könnt ihm nicht schaden so manchmal eine Stunde der Einkehr . . .

Bonifaz. Freili wul, freili wul, Hochwürdn, — ah, einkehren thua i sunstan wul a immer=
amal — —

Pfarrer (droht ihm lächelnd). Aber nicht in der Kirche — sondern im Wirtshaus.

Bonifaz. Ja dees is a so, Hochwürdn Herr Pfarrer, — weil halt die Kirchn und's Wirtshaus grad alleweil nemananda stengan müassan, — is an ungschickte Einrichtung, — richti wahr, ma verirrt si halt so viel leicht, — und angstattn heilin Evangeli anhörn kimmt ma in's streitn —

Pfarrer. Ja, ja, das merk ich —

Bonifaz. Ja, und wia i sag, — a so werd's zletzt a wieder gwesn sein — i woaß scho, i war a weng verschlafn, weil ma in Samsta lang beinanda gsessn sein, der Jagasepp und i —

Pfarrer. Wieder beim Branntwein —

Bonifaz. Oh na, bitt schön, 's Glasl war alleweil leer — — mir habn bloß a weng politisirt, da Jagasepp und i, — no und wia i sag, a weng verschlafan war i halt an andern Tag, — und wia i halt so da Kirchn zuageh, — kimm i richti bein gfehlten Thur eini, — will grad wieda aussi, — hat da Deixl scho d' Kellnerin da mitn Glasl, — und hast as net gsegn is a süaßa Schnaps untan, angstatt eina bittern Predi . . .

Pfarrer (launig). Er ist ein alter Spitzbub, der Bonifaz —

Bonifaz. Alt ja, Hochwürdn, aber Spitzbua net, — ah balei'. Schaut nur a so aus zeitweis, — inwendi is do no alles in der Urdnung, — ah ja, da schau i drauf, — daß net eppa da heilig Bonifaz an Schreckan kriag, wann sei Taufkind amal obn steht mit sein Kappale in da Hand — — ah balei, dees derfat net sein — dees! (Burschen und Mädeln umdrängen ihn.)

Mirzl (ihm eine lebzelterne Kette umhängend). Geh her, Nazi — da hast Dein Ehrenpreis —

Toni. Hiaz sing uns aba no a Gstanzl, und nacher hebs tanzan wieda an —

Bonifaz (anzüglich). Völli trockan werd oans halt bei den singan —

Mirzl (giebt ihm zu trinken). No, da hast, — thuas a weng schmiern, bei schöne Stimm —

Bonifaz (nachdem er getrunken). Ah, — — is gspoaßi — glei werd ein leichta, wann ma a weng was naß da einifriag ... is halt do nix bessa, als a so a Kirtag — — (singt und tanzt dazu.)

    A Musi, a Dearndl
    Seind allemal beinand, —
    Die Zöpfa schön gflochtan
    A nagelneus Gwand —

    An Buschn in Miada,
    Des hat da a Gschau
    Und's tanzan is lusti
    Und da Himmel is blau.

    Aba oans is as beste
    Vo da ganz Tanzerei —
    'S is allemal a Bua
    Und a Bussl dabei! (jauchzt.)

(Man nimmt ihn in die Mitte, — alles geht nach dem Tanzboden auch der Pfarrer mengt sich ins Getriebe. Der Platz vor dem Wirtshaus leert sich.)

(Bernhard, Martha, gefolgt von Mary.)

Martha (fächelt sich mit dem Taschentuch und wirft ihren Schirm auf die nächste Bank). So, jetzt hab ich das auch probirt, — man muß alles probiren — na, ich muß sagen, es tanzt sich gar nicht schlecht mit so einem Sohn der Berge — (lacht und blickt Bernhard ein wenig kokett an.)

Bernhard (so nebenbei). War net schlecht — mir wern do a tanzan kinnan —

Mary. Nein, was Du für Streiche machst, Martha, sehr wenig ladylike.

Martha (mutwillig). Ja Gott sei dank — das hab ich gründlich satt! Morgen ziehe ich mein Dirndl= kostüm an und dann bild ich mir ein, ich sei hier auf die Welt gekommen! Schade, daß mir das nicht schon heute eingefallen ist! — Es hätte so leicht zu hübschen Verwechslungen kommen können! Denk dir wenn mich so einer für sein Dirndl hält — bis hart an die Grenze des Fensterlns würd' ich ihn treiben!

Mary. Aber Martha!

Martha (zu Bernhard.) Sie haben natürlich auch einen Schatz — ein Dirndl?

Bernhard (ernsthaft.) Na, i han koa Dearndla —

Martha (freimüthig kokett.) Kein's? großartig! Mary — er ist ein Unicum! (zu Bernhard.) Ja wie kommt denn das nur — man kann sich das gar nicht so vorstellen in den Bergen — und Sie — Sie sehen doch ganz so aus, als ob ein Mädel Sie gern haben könnte!

Bernhard (schüttelt den Kopf). Ah na — i han koa Zeit zan Gernhabn —

Martha. Keine Zeit!? Mary, hörst Du's, — er hat keine Zeit — das ist ja ganz mein Fall. — Ja wie denn das, — vor lauter Feldarbeit?

Bernhard. Ja, Arbeit han i — aber zwegn den is net, — — i muaß halt auf was anders denken . . .

Martha (belustigt) Er dichtet, — Mary, unfehl= bar, — er dichtet — ich habe einen neuen Poeten ent= deckt — —

Bernhard. Ach — so was Lustigs is net, wia Se etwan denkan —

Martha (für sich). Lustig — — nein, Dichten ist auch nicht immer lustig, — ist oft recht was ernst= haftes (laut) aber jetzt bin ich erst recht neugierig geworden — wenn's etwas trauriges ist, um so besser, — ich höre nichts lieber, als traurige Geschichten, da lernt man das Nachdenken dabei —

Bernhard (wehmütig). Halt ja, trauri is gnua, — aber dees versteht neamd, — dees versteh bloß i —

Martha (teilnehmend). Oh ja — ich kann alles verstehen, alles — — Sie müssen mir's erzählen — vielleicht weiß ich Ihnen zu helfen.

Bernhard (ungläubig.) Mei ja, wenn's dees kunntan —

Martha. Wer weiß — — (Kinder schleichen neu= gierig hinzu.)

Martha (nicht ihnen zu). Na, — wollt Ihr was haben?

Bernhard. Mei, de Hascherlan seind zweni ge= wohnt auf a guats Wurt.

Martha (geht zur Bude und kauft allerlei und beschenkt die Kinder. Mary steht ein wenig abseits, hochmütig und gelangweilt). Der Pfarrer kommt zurück, grüßt, spricht ein paar Worte mit ihr.)

Martha (sich zu einem kleinen Blondkopf neigend.) Da — das steck noch ein, — wie heißt denn Du?

Kind. Hansl hoaß i —

Martha. Hansl — siehst, das hätt ich mir gleich denken können — nur ein Hansl hat so schöne schwarze Augen, — wie heißt denn Dein Vater?

Hansl (schüttelt den Kopf.)

Martha. Weißt's nicht?

Bernhard. Er hat koan Vader —

Martha. Aber deine Mutter — wie heißt denn die?

Hansl. I han koa Muada —

Martha (ihn mitleidsvoll an sich drückend). O Du armes — (zu Bernhard.) Ja wem ghört er denn zu?

Bernhard. Koan Menschen gehört er zua —

Pfarrer. Ja, der hat auch niemand, ein verlassen Kind, — so laufen gar viele bei uns herum — (fährt ihm über den Kopf.) no, jetzt wirds ja bald anders werden. — Die Stiftung der gnädigen Frau wird ein rechter Segen sein für diese armen Kinder, für uns Alle, —

Martha. Ja, das hoff ich auch. — Wenn man so diese armen, kleinen Geschöpfe ansieht, die niemand lieb hat und vergleicht sie mit den gehätschelten, verzärtelten Kindern, denen man jeden Wunsch von den Augen abliest, welch ein grausamer Abstand! Aber glauben Sie mir, Hochwürden — hier sieht sich das alles noch besser an als in der Großstadt — da ist das Elend armer Kinder zum Herzbrechen!

Pfarrer. Das will ich glauben — ich habe nur zweimal in meinem Leben einen Blick hineingethan, — ich war froh, als ich wieder hier draußen war bei meinen Bauern. Hier ist doch wenigstens die freie Waldluft, die den Kindern wachsen hilft —

Martha. Ja, und bei uns ersticken sie in Dunst und Staub, — oder sie frieren —

Pfarrer. Aber Elend giebt's auch hier, mehr, als genug. Das Land ist arm und die Leute bekommen Kinder, immer wieder Kinder und versorgen sie nicht. Ich hab viel Jammer schon mit anschaun müssen und es ist ein wahrer Trost für mich, daß das nun anders werden soll. — Bleibt es bei der morgigen Einweihung, wenn ich fragen darf?

(Mary hat sich genähert.)

Martha. Freilich! Wir haben schon Kränze gewunden und Fahnen aufgesteckt, es soll ja feierlich werden Gestern den halben Tag habe ich mit Tannenreisern hantirt, da, sehen Sie, (zeigt ihre Hände) ganz zerstochen — Und Körbe voll Kuchen haben wir gebacken fürs kleine Volk — ich freu' mich schon drauf — wenn nur Frau von Hannek nicht so leidend wäre, — ihre Nerven werden schlechter von Tag zu Tag. —

Pfarrer. Man sieht die gnädige Frau niemals im Dorf —

Martha. Nein, sie zieht sich vollständig zurück seit wir hier sind, obgleich sie behauptet, daß ihr die Luft gut thut — aber morgen wird sie dabei sein, natürlich.

Mary. Mama wollte eigentlich gar nicht, daß wir den Tag der Einweihung so feiern; aber das geht doch nicht anders —

Pfarrer. Ein würdiges Nachspiel der lauten Kirchweih —

(Das junge Volk ist inzwischen wieder vom Tanz gekommen und besetzt im Hintergrund die Tische; ein Bauer spricht leise mit dem Pfarrer.)

Bernhard (zu Martha). Segns — a so a Findling, wia das Büabel vurhin — so oaner bin halt auch i — no hiez wissans, auf was i denken muaß —

Martha (sieht ihn mit voller Theilnahme an). Oh — Sie armer, armer Kerl! (Bernhard geht ein paar Schritte weg von ihr.)

Mary (zu Martha.) Siehst Du, ich dachte mir gleich, daß etwas Unpassendes herauskommt —

Martha (kalt, erstaunt). Unpassend? Was ist unpassend?

Mary. Nun, — Findling, — das ist doch kein Wort für junge Mädchen — —

Martha (kalt). Sei froh, daß Du nicht bist was dieses Wort nennt — das ist Glückes genug ...

(Mary wendet sich schmollend ab, dem Getümmel zu).

Pfarrer (sich wieder Martha zuwendend). Das giebt einen schönen, heißen Tag morgen, — ich freu mich recht, der gnädigen Frau zu sagen, was ich auf dem Herzen habe, — — recht unerwartet und plötzlich ist uns dies Glück gekommen — —

Martha. Ja, es war merkwürdig, — kaum daß wir hier angelangt waren, entschloß sie sich zu dieser Spende, rasch hat sie eine Vorliebe gefaßt für diese schöne Gegend — —

Pfarrer. Und kennt sie doch kaum —

Martha. Oh — von unserm Platz aus vor dem Schloß hat man doch einen herrlich weiten Ausblick — morgen wird sich's dort festlich ausnehmen! Ist es wahr, daß das ganze Dorf an der Feier theilnimmt?

Pfarrer. Das versteht sich, — es ist ja doch auch eine Wohlthat, die dem ganzen Dorfe gilt. Der Bernhard trägt die große Fahne ...

Martha (lächelnd auf Bernhard). Sie tragen die Fahne?

Bernhard. Halt ja — de kann sunsta Koaner datragn —

Pfarrer. Ja, weil Keiner so stark ist, wie er. —

Martha (ihn anblickend). Das glaub' ich —

Pfarrer (sich halb an die Bauern wendend). No — morgen heißt's wieder ins Sonntagsgwand nein, gelt?

Bauer. Wia denn dees, Herr Pfarra?

Pfarrer. Nun, habt Ihr's vergessen, daß wir morgen ein Haus einweihen — das eine edle Frau für Eure elternlosen Kinder gestiftet hat? Das ist ein Tag, denk ich, der der Gemeinde nahgeht — und jedem Einzelnen auch —

Ein Bauer. Sel is scho richti — is eh guat, wann ma net alleweil stolpert über de Menschlan — —

Ein Andrer. Kugeln umananda wia b' Apferlan auf an jedn Schriat —

Pfarrer (in etwas gesteigertem Ton). Für so was müßt Ihr dankbar sein — das is mehr wert, als wann Euch Einer ein Faß Wein hinstellt, damit Ihr ihn wählt — und hernach redt er gegen Euren Grund und Boden —

Bauern (durcheinander.) Ja, ja, sel is richti, — dees nutzt uns frei mehr — ah was — i scher mi an Teufl um de Bruat — a guata Tropfan gilt mehr —

Andrer Bauer (zum Nachbar). Du — i trink ma da murgen an Rausch an — da drobn aufn G'schloß werd a guata g'schenkt, gwiß a no —

Der Nachbar (verbittert.) Möcht a wissen, za was mir da an Asyl brauchan — a Ruah sullns uns lassan mit eahnere Guatthatn —

Bauernbursch (flüsternd zu seinem Diarndl). Gel Moidl — laßt mi ein heunt Nacht, — macht eh nix, wann an Unglück gschiacht — hiaz is ja b' Stiftung da . . .

Andrer Bauer (an Bernhard vorbeistreifend, der mit Martha plaudert). No, Bruader Robel, — was is denn eppa mit dir? Leicht ziagst di ins Gschloß auffi und verkaufst ma dei schöne Joppan?

Bernhard (verächtlich). I han mit Dir nix z'redn Du Saufaus Du —

Bauer (drohend). Na wart nur, — i tränk da dein Uebermut ein, — häst leicht an Gusto dazua, — so dazöl i der Deiner Muata ihr Liabsgschicht —

Bernhard (leicht erblassend, packt ihn an der Gurgel und schleudert ihn über die Bänke hinweg. —) Red hiaz, wannst kannst —

Mary (ängstlich zu Martha). Um Gotteswillen komm — die rohen Menschen —

Pfarrer. Bernhard!

Bernhard. Auf so a Red giebt's koan andre Antwort, Herr Pfarrer! (Gebrumm unter den Bauern, die sich allmählich zerstreuen.)

Karl (kommt mit Mirzl). Na, das wird ja recht gemütlich hier — (zu Bernhard). Sie könnten ja so eine Art von Ringkämpfer abgeben, — — (ihn fixirend) ganz famose Muskeln —

Bernhard (ihn mit einiger Geringschätzung messend). War net schlecht, — wann i a solchs Kleberle net meistern kunnt — möcht's es leicht a probirn, wia stark als i bin —

Karl (zu den Mädchen). Sonderbarer Schwärmer — (zu Bernhard.) Nein, mein Bester, — ich pflege mich nur mit meinesgleichen zu balgen, wenn es sein muß — — — bei uns balgt man sich überhaupt nicht so alpin greifbar, — das ist nur für Lederhosen . . .

Bernhard (verächtlich wie vorher). Is a gscheider

für Calyna — aber a lederne Hosn is ma no alleweil liaba wia a lederns Herz . . .

Pfarrer (ihn leise fortdrängend). Bernhard — laß das sein —

Karl (halb belustigt). Unverschämter Kerl —

Bernhard. Sollt i denn etwan' net reden derfan, Hochwürden? —

Pfarrer (leise). Denk an die Stiftung, Bernhard — das ist der Sohn jener Frau, — wir dürfen ihn nicht beleidigen — (schiebt ihn sanft fort.)

Bernhard (im Abgehn). Is a gspoaßi, — wia den sei Muata eppa dazua kommt a guat's Werk zu thuan . . . (beide ab.)

(Martha und Mary folgen ihnen.)

Martha (im Abgehen zu Karl). Pfui — das war gar nicht schick von Ihnen —

Karl. Gegentheil — schneidig parirt —

Mary. Ganz recht hat er — diese Lümmel da . . .

Martha. Hast Du Bernhard nicht angesehen — wie ein Löwe unter Kettenhunden . . .

Mary. Du schwärmst — (beide ab.)

Mirzl (will auch nach).

Karl (hält sie zurück). Nein, — Du mußt bleiben — gut, daß sie Alle zum Teufel sind, — — ich verzehre mich nach Dir, weißt Du das? (faßt sie begehrlich an.)

Mirzl. Laßn's mi aus, — sand Jhna die Buabma z'schlecht, kunntn's die Dearndln a mit Ruah lassan —

Karl (mit Komik). Ah — das ist etwas ganz anderes, weißt Du, — das ewig Weibliche — —

Mirzl Das versteh i net —

Karl. Oh Du stellst Dich bloß so, Du kleine Kröte — — allerliebst ist sie, (tippt ihr auf die Brust.) na, wenn Du also ohnehin keinen Schatz hast —

Mirzl. Wer sagt denn dees?

Karl. Du selbst. Du hast mir eben vorhin er= zählt, Du wollest vom Busseln nichts wissen —

Mirzl. No ja, — von Eahnere Busseln freili net — des is scho wahr —

Karl. Kennst sie ja gar nicht, — schmecken aus= gezeichnet —

Mirzl (lachend). Ja freili —

Karl. Ehrenwort! Würde Dich manche darum beneiden —

Mirzl (schnippisch). Des braucht's ja gar net — kann si's ja g'haltan!

Karl. Weißt Du, daß mich das gerade reizt, wenn Du Dich sträubst — (will sie küssen.)

Mirzl (ihn zurückstoßend). A so a Keckheit! Glaubst eppa mir wartan da heroben auf die Berg auf Deine Busseln! Mir habn scho unsre eiganen Buabn zan gern habn — die finans akrat so aguat — leicht no bessa —

Karl. Na warte nur, ich werde Dich zahm machen, du kleine Wilde! Wenn ich Dich so erwische einmal in meinem Jagdrevier (lüstern.) dann ist es an Dir, zu betteln — —

Mirzl (drohend). Glaubst leicht i fürcht mi vur an Mannsbild, da schau her — (reckt sich und zeigt ihre Arme.)

Karl (wie vorher sie musternd). Thu ich immer= zu — —

Mirzl. Wannst di Du traust und verlegst ma no amal in Weg — —

Karl. Das Mädel hat Race — hätt' ich gar nicht geglaubt — sehr viel Race —

Mirzl. Nacher gfreu di, Du flachshaarads Mandl Du —

Karl (seinen Kopf betastend). Flachshaar — ist ausgezeichnet — hat mir noch niemand gesagt, — weißt Du, daß Du dramatisches Talent hast. (mustert sie.)

Mirzl (an ihren Röcken ängstlich hinunterblickend. Was hab i? Is ja eh alls in der Urdnung — —

Karl (lachend). Ausgesprochen dramatisches Talent — und eine Naivetät, die nicht einmal erheuchelt ist, was gäben, unsre Naiven um diesen Ton! Schade um das Mädel, — famose Beine, — Taille allerdings etwas zu breit gerathen, — aber das ließe sich modelliren mit der Zeit —

Mirzl. Schau mi net a so an, bees kann i net leidn!

Karl (näher tretend). Sehr reizend bist Du, — sehr — sauber, — wie man hier sagt . . . Weißt Du das?

Mirzl (lacht). Oh ja — bees woaß i schon —

Karl (noch näher in's Busentuch schielend). Und Alles echt — ganz echt — —

Mirzl (verlegen lachend). Mei — i wie do koa ausgstopft's Dearndl sein —

Karl (langsam betonend). Hm — in der Stadt — giebt's allerlei so ausgstopfte Dirnbln . . .

Mirzl (ehrlich erstaunt, die Hände mitleidig zusammenschlagend.) Was b' net sagst — de Hascherlan!! . . .

Toni (ruft). Mirzl, wo steckst denn?

Mirzl. Ja, ja, i kimm scho —

Karl. Und nicht ein einziges Bussel —? (komisch bittend, sie imitirend.) Schau — in der Stadt — lauter ausgstopfte Hascherlan . . .

Mirzl (lachend, reicht ihm die Wange.) No — daß b' net sagst i war geizi . . . (lachend ab, er folgt.)

Karl (im Abgehen.) Famoser Kerl — wird schon zahm werden. Bin recht froh, daß die Mama die verrückte Idee mit dem Asyl hatte — ganz angenehme Abwechslung . . . (ab, kleine Pause.)

Pfarrer (mit Bernhard zurückkommend). Und ich sag Dir's noch einmal, Bernhard, ich wünsch halt recht von Herzen, daß Du vernünftig wirst —

Bernhard. Ja, ja, Herr Pfarrer, wann ma 's nur so leicht sein kunnt, als ma's raten thuat — (sie setzen sich, man hört aus dem Hintergrund gedämpft den frohen Lärm. Kellnerin bringt Wein und nippt von Bernhard's Glas:) Daß a weng lustiga werst!

Bernhard (gleichgiltig). I dank da schen, thuat net Not (sie geht schmollend ab.)

Bernhard (trinkt aus und gießt wieder voll).

Pfarrer (stößt mit ihm an.) Auf die Zufriedenheit! (sie trinken, kleine Pause.) Siehst, Bernhard, so ein Mensch, wie Du, — der kann sich sein Leben ja so schön einrichten, wenn er nur will. Aber man muß nicht immer hinausdenken über sein Schicksal, das ist ein Unrecht. Die Zufriedenheit, Bernhard, das ist ein Kraut, das jeder finden kann, — fast Jeder, — wenn er nur die Augen ordentlich aufmacht. Wachst an jedem Ort, aber bücken muß man sich halt drum und muß abpflücken. Und wer's hat, dem ist es Nahrung und Heilmittel und duftende Blume — alles! Aber die Meisten schieben es achtlos mit dem Fuß bei Seiten und schauen immer nach andern Kräutern aus, nach Geld und Verdienst und allerlei täuschenden Pflanzen die oftmals giftig sind, nach irgend einem fremdartigen Glück, das sie nicht kennen und von dem ihnen irgend jemand gesagt hat: d a s ist das beste, d a s trag' Dir heim! Und sie suchen und suchen — und dabei wird es Nacht. Sie haben das Glück nicht gefunden und auch das Kräutlein Zufriedenheit können sie nimmer unterscheiden, denn es ist finster — und ihr eigner Fuß hat es oftmals zertreten . . . (setzt sinnend das Glas an).

Bernhard. Hat das der Herr Pfarrer aus der Bibel?

Pfarrer. Nein, mein lieber Bernhard, das hab ich aus dem Leben. Unsereiner, der Kinder tauft, Brautleute zusammenthut und Sterbende segnet — der hat gar oft Gelegenheit hineinzuschauen in Glück und Elend der Welt. Man lebt ja sozusagen nur in Andern, wenn man ein Priester ist, — ein rechter Priester, wie ich ihn verstehe, — und das schärft die Augen; man hat aufgehört, an sich selbst zu denken und man kann besser erkennen, was dem Nächsten not thut!

Bernhard (nachdenklich). Ja, das Kräutl — wer das habn kunnt! — (kleine Pause.)

Pfarrer. Siehst — ich will ja grad net sagen, daß der Ehstand der Beste ist, — unsereiner, der nit heiratn darf — hat darüber kein Urteil, thut auch besser über so was nicht nachzudenken . . . aber ich glaub halt doch, es muß schön sein, wenn man so seinen eigenen Hausstand hat, ein braves liebes Weib, das treu zu einem halt in Freud und Leid und herzige Kinder, für die man sorgen kann —

Bernhard (blickt lächelnd auf). Der Herr Pfarrer will mi etwan gar verheiraten — das is net schlecht —

Pfarrer. Ich mein halt so, Bernhard. Du bist Keiner von den Leichtfertigen, von den Schlechten, die ein Mädel in Schand und Spott stürzen und das ist recht von Dir. Du bist aber auch Keiner, der allein bleiben soll — Du, mit Deiner Jugend und Kraft, — Du, den kein Beruf zum alleinbleiben zwingt. — Und siehst, Bernhard, darum mein ich, wenn Du ein Weib fändst, — es wär' besser für Dich. Hast denn gar keine gern?

Bernhard. Der Herr Pfarrer woaß eh, i kimm net zan gern habn — so lang das da in mir is —

Pfarrer (mit leisem Vorwurf). Aber Bernhard — hab ich die ganzen Jahr her umsonst in Dich neingredt, — ich hab geglaubt das wär' endlich überwunden —

Bernhard. So was überwindt si net — Herr Pfarrer. (Mit einem Anflug von Selbstironie:) Was liegt denn a dran, i bin den Kummer scho so gewöhnt — leicht gangat ma was ab, wann i' n net hätt'!

Pfarrer (ernst und mild). Bernhard, der Mensch kann viel, wenn er den festen Willen dazu hat, — er kann auch gegen seine eigenen Gedanken ankämpfen und dann — was Gott schickt, das muß getragen werden, da darf man nicht murren. Meinst Du, ein Andrer hätt' nicht auch viel Herzleid verwinden müssen, eh er seinen Kampf siegreich bestanden hat? — Aber Gott hilft dem Schwachen!

Bernhard. In liabn Gott in Ehren, Herr Pfarrer, — aber grad dees derfat er net zualassn, daß a Kind a so elternlos in d' Welt aussigschmissn werd und neamd hat auf den's denkan kann mit seiner innersten Gedanken und auf neamd baun kann in seine Verlassenheit —

Pfarrer. Gott ist Vater und Mutter für verwaiste Kinder —

Bernhard. Freili wohl, freili wohl, Herr Pfarrer, — wann i verwaist war, das war a ganz was anders, — i kunnt zan Friedhof gehn und betn für mei Muaterl ihr arme Seel und 's Kreuzerle zamrichtan, wann's der Schnee verwaht hat und a Kranzl hintragan z' Aller Seeln — und ihr alls dazöln ins Grab eini und zan Himmel auffischaun und wissan sie schaut abi auf mi — — (mit einem Ton der Wildheit, aufstehend.) Aber so — z wissan, daß lebt und dengerscht nix von mir wissan will, — und leicht jogt's umananda in der Welt und lacht und denkt gar neamer auf ihr Sünd und auf mi — auf des arme Würmerl, das dazmal in Bauern auf d' Kost geben hat — — und i, i geh deraweil umananda mit den brinnenden Schmerz da drein — mit den unbändigen Verlangen nach an Blick, nach an Wurt von meiner Muata — — (auflachend) 's is richti zan lachan, Herr Pfarrer! —

Pfarrer (seine Hand auf die Bernhard's legend). Ja, — das ist alles wahr, Bernhard — aber nicht undankbar sein, — Du hast eine zweite Heimat gefundn — der Pflügelhof — — wie ein richtiger Sohn bist Du dort ghaltn!

Bernhard (mit einiger Bitterkeit). Seit dera Zeit, als i arbeitn kann — is ma nix abgangan, dees is scho richti aber des war net allweil a so. A lange, lange Zeit durch war i halt do nur a glittens Büabel bein Haus. Nn Gsindtisch bin i gesessan und für an jeden Schadn han i herhaltn müassan. Und wann i d' alt Wabi net ghabt hätt, und in Bonifaz — und d' Rosi — — —

Pfarrer (unmerklich lächelnd). Ja, d' Rosi —

Bernhard — war i der net wurn, der i bin! D' alt Wabi hat ma Bissn zuagsteckt und hat mi pflegt — und in ihrer arm Kammer bin i glegn und in Vaterunser hat's ma vorbet auf d' Nacht. Und wann's auf d' Alm hat auffi müassan, hat's mi in ihrn Buckelkurb einigsteckt und mittragn auf d' Höh — und da bin i glegn als a kloanwinziga Bua auf an Bund Streu und han in Himmel einigschaut — so blau als er war und han trunksn bei der Goas ihre Tuteln, wann ma zeitlang war. Und wann d' Sunn auf mi gscheint hat, bin i in Schattn krochan auf alle vier und d' Almbleameln habn auf mi herduft und d' Kuahglockan habn ma a schöne Musi gmacht und i bin groß und stark worn dabei, — — a ja, des war scho schön zeitweis —

Pfarrer. Glaubst Du einem Stadtkind geht's so gut, wie Dir's gangan is?

Bernhard. Und wia i größer worn bin, hat ma da Bonifaz d' Arbeit abgnoman, de ma d' z'schwer war — und wann i verzagt war, hat er ma a lustig's Liedl pfiffn — — ja, Herr Pfarra und dees vergiß i eahna net, in beidn Altn —

Pfarrer. Und die Rosi — war eine gute Kameradin —

Bernhard. Halt ja — de war a immer liab und aufrichti, — wia a richtige Schwester — und Se, — Se warn a alleweil guat für mi — — aber

no, Herr Pfarrer, des war halt alls do nur an Al=
mosen — — und i b r a u ch a t koan Almosn, wann
mei Vada an Ehr in Leib ghabt hätt' und mei Muata
die richtige Liab für mi —

Pfarrer. Ja, Du hast recht, Bernhard, aber
wie manchem geht's noch viel schlimmer als Dir. — —
Schau, wie viel Kinder laufen hier in den Bergen
herum, vater= und mutterlos. Das ist eben der
Fluch der leichtsinnigen Liebe, daß sie Kinder erzeugt,
ohne daran zu denken, ob sie diese Kinder auch er=
nähren und zu braven Menschen heranbilden kann.
Wie oft predige ich von der Kanzel herab — brav
sollen sie sein und mäßig und an die Verantwortung
denken, die sie auf sich nehmen, wenn so ein Kind um's
andre dem Elend ausgeliefert wird. Aber meinst, sie
hören drauf? Sie gehen in's Wirtshaus und trinken
ihren Schnaps, der sie dumm und schlecht macht. Und
den kleinen Kindern schon tauchen sie den Lutscher in
Schnaps ein — damit sie s ch l a f e n — immerzu
schlafen — und die Großen ungestört n e u e Kinder
erzeugen können — — — und ein blödes, krankes
Volk wird mit der Zeit aufwachsen in dieser herrlichen
Natur und wird keinen Widerstand mehr leisten können,
wenn die Hetzer kommen und ihm allerlei vorreden
von der neuen Weltordnung und ihm sein korniges,
deutsches Bauernthum verschniegeln und seine Freiheit
abkaufen um elenden Schnaps, — alles um Schnaps! Und
es wird kein Urtheil mehr haben, das arme Volk, keinen
rechten Stolz, keinen Glauben — — (wischt sich mit der Hand
über die Stirne). Was ich da alles red, — von Dir
habn wir ja gsprochen, Bernhard, — ich wollt dir nur
sagen damit, daß ich auch meinen Kummer hab, — so

gut wie Du den Deinen — und ein Jeder von uns trägt sein Kreuz und muß es auch willig tragen, wenn er ein rechter Christ ist . . .

Bernhard (sein Glas hebend, bewegt). Sie solln lebn, Hochwürdn, — Sie sind ein braver Mann (stoßen leise an)

Pfarrer. Also daß ich von Dir weiter red, — der Bauer halt große Stück auf Dich — (mit einlenkendem Humor). Ja, ja, wann ich jetzt der Bernhard wär', — ich wüßt' mir's schon einzurichten! den Pflügelhofer seine rechte Hand, — und zwei saubre Dearndln zur Auswahl —

Bernhard (herzlich lachend). Ah da schau her — hiaz moan i aber richti, der Herr Pfarra bild si zan Brautwerber aus . . .

Pfarrer (mit leiser Wehmuth). Gelt — das ist ein sonderbares Geschäft für mich, — aber was thut man nicht alles, wenn einem das Schicksal eines wackern Burschen zu Herzen geht! (Rosi kommt, zögernd, will wieder umkehren, wie sie die Beiden sieht).

Pfarrer (scherzend, steht auf). No, no, Rosi, seit wann beißt denn der Pfarrer? siehst — mir is jetzt grad recht, daß Du daherkommst — ich muß auf mein Stübel, die Red für morgen ein bissl memoriren — und der Bernhard, der Grübelkopf, für den ist's immer besser, wenn er Gsellschaft findet, — leicht bleibst Du ein bissel da, Rosi, hast so schön getanzt genug, gelt? Schadt Dir nicht, rast Dich halt aus a Viertelstündel — un bhüt Euch Gott alle zwei — bhüt Euch Gott — (giebt Bernhard die Hand).

Bernhard. Bhüat Gott, Herr Pfarrer — und i dank halt recht schön für'n guatn Rat —

Rosi (dem Pfarrer ein paar Schritte nacheilend). J han in Herrn Pfarra nur fragen wolln — ob mir morgn ah in's Gschloß auffi solltn — die Mirzl und i —

Pfarrer. No, versteht si! das Beste vom Dorf wird do nit fernbleibn! — Aber die Rosi wird in Bernhard noch helfen müssen, — 's Kranzl festbinden auf der blauen Marienfahn, — so a Bua is ja zu ungschickt — also fest binden, s' Kranzl — daß nit a Windstoß herunterreißt — — — recht fest . . . (lächelnd ab).

Bernhard (stützt den Kopf in beide Hände und sieht, auf den Tisch gelehnt, Rosi unverwandt an).

Rosi (geht hin und her bei den Tischen). Wia's da ausschaut — i bin froh, wann da Rummel gar is.

Bernhard. Halt ja, i bin a froh —

Rosi. A so a Wirrwarr, des passat ma's ganze Jahr — nix wia saufan und raufan thuans!

Bernhard. Halt ja, nix wia saufan — (kleine Pause).

Rosi. Du tragst die Fahn murgn?

Bernhard. Ja — is ja höllisch schwer!

Rosi. Wo is denn — mir sulltn's ja aufpuzan?

Bernhard. Wart, i hols — i hab mer's zuvor schon dort zuwiglahnt zun Bam — (holt die Fahne, die sehr groß und schön ist). So — da is — aber wo nimmst hiaz die Bluman her?

Rosi. Sei stad — a ganz Körberle vull hama brockt gestern für'n Kirta — beim letztn Tanz hat d' Mirzl die Buscherlan austheiln wolln — aber s' is völli schad für die dumme Tanzerei — thuans eh bloß danischmeißn und zamtretan, — is glei wol gscheider mir putzen d' heilig Gnadenmutter damit auf — —

(holt aus einem versteckten Platz das Körbchen mit Blumen) so, — hiaz gengan ma's halt an, — aber moanst — is des eppa koa Sünd, — da — bei die Wirtshaustisch — —?

Bernhard. Ah, balei — der Herr Pfarra hat's do angschafft! (Sie machen sich an die Arbeit, er setzt sich und hält die Fahne gegen sie hin, sie windet die Blumen und bekränzt den Schaft.) (Kleine Pause.)

Rosi. Muaß denn dees sein?

Bernhard. Freili, wird ja a große Festlikeit —

Rosi. Schön is dees schon von der fremdn Frau — wern do in Sepperl a aufnehman und die kloan Nanerl.

Bernhard. Halt ja — ham ja Platz gnua in den Haus und Leut gnua — über hundert Betterlan san aufgricht, han i ghört —

Rosi. Geh zua — mei, dees werd eana wohl thuan — (kleine Pause).

Bernhard. Dees is a Hitz heunt.

Rosi. Ja, mächti hoaß is — der Toni hat gsagt, es kam no a Wetter.

Bernhard (aufblickend). So gschwind net — daß nur eppa murgn nit verregnet.

Rosi (erzwungen lachend). War da halt wol unbändi load, gelt?

Bernhard. No, war do schad, wann scho all's gricht is — und die Fräuln sagt, die Frau wurd no ernstli krank, wann des Haus net bald eingeweiht is — so viel nimmt sa si's z'Herzn —

Rosi (empfindlich). Ja, ja, b' Fräuln — und alleweil b' Fräuln (sie wendet sich ab, um ihren Ärger zu verbergen). So — 's Kranzl war ferti — anbindan kannst as Du —

Bernhard. Gieb nur her — so — — (macht es fest).

Bernhard. Geh — Rosi — werst do net hab sein zwegn dera Tanzerei —

Rosi (mit gespieltem Gleichmuth). Ah — wär zan lachan — kannst ja tanzan, mit wennst magst —

Bernhard. Is ja do nur a Gspuaß gewest von ihra —

Rosi. Von ihra, ja, dees kann scho sein — aber oo Dir, oo Dir is koa Gspoaß — des mirk i schon — denkst alleweil auffa, alleweil —

Bernhard (stellt die Fahne beiseite, kommt zu ihr). Aber Rosi —

Rosi. Freili, hiaz redst a so und nacher redst wieder anders — und i gspür's schon, daß d' mi net leidn kannst —

Bernhard. Wia kannst denn so reden Rosi? Geh — mir ham ja alleweil zamghaltn und gern gspielt mitananda, oo kloan auf, — woaßt as no? Gelt ja, — no, is halt dees a nur so a Gspühl gwesn? —

Rosi (unter Schmollen lächelnd). Moanst?

Bernhard. Woast as no, wia ma in's Bachl einigfalln san all zwoa?

Rosi (nickt). Ja, Du hast die Schläg kriegt und i war schuld dran —

Bernhard. Und wia si bei Goasl verstiegn hat, was b' soviel gern hast ghabt?

Rosi (herzlich). Bist umananda krochan in die Stoan und hast gsuacht und hast ma's hoambracht — die Hand vulla Riß und hast bengerscht net g'want —

Bernhard. Und wia da Seppl von Krautwirt di abigstößn hat vo der Klamm bein Erdbeerbrokan —

Rosi. Da hast'n Du packt und hast graust mit eahm und hastn abidraht über b' Wiesn, und nachden bist zuwikniat za mir und hast ma schön than und hast ma a Wassa bracht und hast alleweil gfragt, ob ma nix weh that und hast mi abitragn zan Haus und warst so viel bekümmert und so viel guat für mi — —

Bernhard (resolut). Gelt ja, Rosi — no, und wia kannst nach)den sagn, daß i di net leidn kunnt, — han?!

Rosi. Aber dazmal warma Kinder und da war neamd sunster da — — aber hiaz, — de Stadtleut da — — de hast halt do no ehnder liab, als wia mi! . . .

Bernhard (finster). Red net von den, Rosi — des is ganz was Anders, — des is a so, als wannst sagast, i hätt in Adler gern, weil i eahm nachi muaß in die Einöd, — hoch oben in b' Wildniß, über Felsen und Klüft und nur alleweil grab nach . . . (milder.) Leicht bleibat i a liaba druntn und herzat a kloans Kalbale, aber i muaß halt auffi, ob i will oder net, — des is a so a Jagerbluat in mir, — i kann net anders! (kleine Pause.)

Rosi (zaghaft, zu ihm aufschauend). Aber gelt — bees is do net wahr, Bernhard, — daß Du furtgehst von da?

Bernhard. Wer sagt's?

Rosi. Letzn — aber derfst mi net verraten, — letzn han i glost, wia der Vada mit da Muada so gred hat, — auf b' Nacht, se habn gmoant i war scho in mein

Kammerle, aber i bin no gar net drein gewest, i bin draußt umananda gstandn in Monschein und han d' Sternlan zölt und paßt, ob net ein's abi fallt za mir, — d' Wabi sagt, des bracht a groß Glück in's Haus, — aber i han koans falln gsegn, — und da han i's redn ghört und da habn's halt gsagt 's war do a Schadn wann Du furtgangst von den Hof — und se hoffatan halt do, Du wardst gscheider und so allerhand —

Bernhard. Ja, i han brauf denkt, daß i's leicht amal probirn kunnt und gangat a weng furt vo da, a weng aussa in d' Welt — und suachat ma halt, was i brauch — woast eh, was i suach — — leicht gangat i in richtin Weg und kamat hin zu den Urt, wor i hing'hör, und wann i dees vermöcht, Rosi — nachher, nachher — — (er macht eine leidenschaftliche Bewegung, dann läßt er die Arme kraftlos sinken). Aber dees is nur a so a Tram gwest — wias ein halt zeitweili einfallt, — i bleib scho no da — deraweil —

Rosi (seine Hand fassend, in verhaltener Bewegung). Gelt ja, Bernhard — — is a net schöner wo anders, — dees glaubst nur zeitweis! Woaßt — es gangat da a so, wia's 'n Eichkatzla gangan is, vo den uns d' alt Wabi immer dazölt hat. Kannst die no besinna auf die Gschicht?!

Bernhard (lächelnd). Ja, ja, i woaß scho — hat a so a schöns Häuserle ghabt und so viel Nussan zan beißn —

Rosi. Ja, a ganz a prächtigs Häuserle und Spritzalön drein und Nussan und Wassa und halt all's beinanda. Aber grad a weng a Halsbandl ham eahm b' Kinda halt anglegt und a schön's goldens Kettale dran — und an den Kettale habn's 'n auffig=laffn von Häufl und habn's umananda gführt in Wald — und da hat halt 's Eichkatzla an unbändige Sehnsucht kriag nach die hochen Tannen —

Bernhard. Und hat neamer einiwoll'n in's Häuserle und hat mit seine kugelrundn Augerlan alleweil auffig=schaut za bi Bam und hat'n Specht klopfan gehört, hat koa Rast und koa Ruah ghabt —

Rosi. Und schwupp's war's davonghuscht aus n kloan Dearndl seiner Hand auffi am Bam und hin und her graft, wia narrisch vur lauta Freud — Aber mei — da is schlecht ausgangan — hat si verhaschpelt an ben golden Kettalan und is abigrutscht über an Ast=lan und hat si dahängt — —

Bernhard. Ja, des arme Eichkatzla — mir ham allezwoa gwoant bei dera Gschicht, i woaß no, wia heunt —

Rosi. Und sixt es, Bernhard — a so moan i alleweil — gang dir's zletzt a no schlecht, wannst vo da amal furtgangast . . . (sie sieht zärtlich verschüchtert zu ihm auf).

Bernhard (steht in Gedanken versunken). Ja, dees kunnt scho sein —

Rosi (lieblich keusch, mit steigender Innigkeit und aus=drucksvollem Spiel). Sixt — und da is halt wirkli schön, Bernhard. Sagn's ja alle Leut, wia schön, als da is! Das Thal is halt do a so a fruchtbars Thal, — und nirgends singan b' Vogerln a so liab, als wia da — habn so viel Nesta umadum in die Büsch — — — und a schöner Viehstand is heuer, gelt. — der Jodl is da schon so großmächti — und Kal=

balan a ganz Schock! — Und fixt, Bernhard, wann
da Vada amal alt wird, nachdben kunntst Du des alls
ham — denn mir zwoa, san ja do bloß Dearndln
und da ghört a Man dazua, zu aner sulchn Wirt=
schaft — Du bist halt der oanzige Bua da derzua
— und i woaß gwiß, du kunnst an richtign Bauer her=
stelln, wia sa si ghört, vur den d' Leut an Respekt
ham, — gelt ja, Bernhard — — und dees war do
net gscheid, wannst du da furtgangast . . . (er sieht sie
an, wie in aufdämmernder Überraschung).

R o s i (in vibrirender Bewegung). I moan, es blüahat
koa oanziga Bam in Fruhjahr mehr — und grad
heuer ham's alle so schön blüaht — so schön, all's
vull — mir wern recht viel Apfalan habn, denk i, —
i war erst gestern auf da Wiesn drent — — und 's
Gras steht da so hoch, — der Wazen ah, — heuer
is a recht a guat's Jahr, gelt — und wann ma fleißi
betn, schenkt uns der liabe Herrgott no oft a so a
guat's Jahr, dees woaß i gwiß, — — aber nur net
furtgehn, Bernhard — (sie neigt sich leise weinend zu ihm).
nur net furtgehn . . .

B e r n h a r d (neigt sich bewegt zu ihr nieder und drückt
ihre Hände). Aber Rosi — mei liabe Rosi! . . . (man
hört das junge Volk kommen vom Tanz. — Bonifaz singt):

  Thua di auf — blauer Himmel
  Und lass mi halt ein —
  I kumm mit mein Dearndla
  Und des Dearndla gehört mein! (Juchaza)
(Bernhard und Rosi blicken einander liebevoll an.)

    Der Vorhang fällt.

Zweiter Aufzug.

(Platz vor dem Schloß. Eine große Linde überschattet Bank und Tisch. Schöner Ausblick. Rechts im Hintergrunde sieht man einen einfacheren Seitenbau, der mit Reisig und Fahnen geschmückt ist. Vor demselben ist eine Art von kleiner Kanzel errichtet. Auf der Bank unter der Linde sitzt Mary mit einer Handarbeit beschäftigt. Karl raucht, nachlässig zurückgelehnt eine Cigarette. Leonie liegt halb in einem strohernen Gartenstuhl, etwas entfernt von den andern und scheint zu schlummern. Sie ist noch eine sehr hübsche Frau, sorgfältig gekleidet. Martha steht im Hintergrund auf einer Leiter und befestigt eine Guirlande, die losgegangen war. Sie und Mary tragen Dirndlkostüm.)

Martha (steigt herunter und kommt nach vorne; spricht halblaut). So, — jetzt hält's wohl — ich bin froh, daß wir fertig geworden sind mit alledem — nun können sie meinethalben angerückt kommen, — ich sehe den Ereignissen mit Ruhe entgegen.

Karl (leicht spöttisch). Großartige Ereignisse!

Martha (munter). Ja, wenn man, so wie Sie nur den Zuschauer abgiebt — — aber ich, ich habe ge=

arbeitet, Kränze gewunden, Fahnen geklebt, Kuchen backen geholfen — das macht Stimmung!

Karl. Und als Dirndln habt Ihr Euch auch herausgeputzt — na, Ihnen steht es ganz erträglich —

Martha. Danke.

Karl. Aber Mary — ich weiß nicht recht wieso, — aber es paßt absolut nicht zu ihr —

Mary. Martha ließ mir ja keine Ruhe, — am liebsten möchte sie mich baarfuß laufen lassen —

Martha. Jawohl — sehr gesund, sehr lustig — ich bin heute morgens schon Gras gelaufen — es war herrlich . . .

Karl. Brrr — nicht reden davon, bitte, — —

Martha (lachend). Gerade Ihnen thäte das not — Sie sind schrecklich verweichlicht!

Karl. Na — ich danke dafür — — ich bin wasserscheu; wenn Sie wollen —

Martha (sich leise schüttelnd). Pfui — —

Mary (zu Martha). Du hättest als Fisch auf die Welt kommen sollen —

Martha (mit einem kleinen Seufzer). Als Goldfisch — ja!

Karl. Na — ich bin begierig, ob sie heute Verwechslungen erleben — Sie sehen ja wirklich sehr echt aus — —

Mary. Oh, das wär' ihr am Ende ganz recht, — sie ist ja Feuer und Flamme für diese Bauern —

Martha. Oh, bitte sehr — mit Ausnahmen —

Karl. Also Einzelfall — noch bedenklicher —

Martha. Sie dürfen gar nichts sagen, — ich

habe gestern recht wohl bemerkt, daß Sie der hübschen Mirzl nachgestiegen sind —

Karl. Leugne gar nicht, — famoser Bissen, die Kleine —

Martha. Geben Sie Acht — an einem solchen Bissen ist schon mancher Ihresgleichen erstickt —

Karl. Ja, — wenn Sie ein bischen netter wären für mich — —

Martha. Oh pfui; Sie Überläufer — echte Dirndln, falsche Dirndln, das läuft alles so nebeneinander her —

Karl. Großes Herz — — das ist wahr!

Martha (lachend). Ihr Herz ist das reine Tanzlokal, — sehr gemischte Gesellschaft — viel Rauch, allerlei Balgereien —

Mary. Oh!

Karl. Sie haben auch ein großes Herz — ich könnte Ihnen von allerlei Einquartierung erzählen, wenn ich boshaft wäre —

Martha (ernster). Das ist alles nur Schein — im Grunde sind sie mir alle gleichgiltig — alle —

Karl. Wenn ich das drucken und an Ihre Courmacher in Wien vertheilen wollte? . . .

Martha (lachend). Die würden es natürlich nicht glauben, weil jeder Einzelne sich für unwiderstehlich hält . . .

Mary. Hier ist man eigentlich schrecklich dran — nicht ein Mensch, mit dem man ein bischen kokettiren könnte —

Karl. Weißt was — ich werd mit dem Jodl ein vernünftiges Wort reden — vielleicht erbarmt er sich. Deiner Vereinsamung (die Mädchen lachen). Es ist eigentlich ein großes Opfer, das wir Mama bringen, — da war's in Montreux anders!

Karl. Begreife auch gar nicht, weshalb Mama sich gerade auf diese verlassene Gegend gesteift hat ... wenn's noch Velden oder sowas dergleichen wäre —

Mary. Du weißt ja doch, Mama erzählte, sie habe einmal in ihrer Jugendzeit ein Buch gelesen — eine sehr ergreifende Geschichte, die hier gespielt habe — und das hat sie hiergezogen, sie wollte diese Gegend kennen lernen —

Karl. Absolut krankhaft der Gedanke —

Martha. Na, mir ist's hier lieber, als anderswo, — mehr Luft und weniger Menschen —

Mary. Und ein neues Ideal —

Martha. Nicht das, — aber doch ein Mensch, bei dem man sich etwas denken kann. Nicht so eine seichte Ringstraßenseele, der man durch und durch sieht!

Karl. Aha — jetzt gehts gegen uns Großstädter —

Martha. Na — sind das etwa Menschen, richtige Menschen? — — lauter Kleider — Stöcke, Cravaten, Cognak, Flirt — — aber nicht ein bischen Mut und Kraft in dem ganzen Kerl —

Mary (zu Karl). Hörst Du's — Martha hat ihren empfindsamen Tag.

Karl. Und die Bildung, Fräulein Martha?

Martha. Bildung, — angeflogener Dutzendgeist — Zeitungsphrasen, ein bischen Sport und Salonklatsch, das ist ihre ganze Bildung — — — Die

Einen kennen nichts als pikante Abenteuer — Rennpferde, Spiel — die Andern nichts als ihr Geschäft — — Geld, Geld, und wieder Geld — — und wie viele, glaubt Ihr giebt es darunter, die anders sind, — die mutig und edel sind, die sich für etwas Höheres und Besseres begeistern?! — (verächtlich.) Bah — wie wenige — — aber hier, hier hab ich schon zwei von einer bessern Art angetroffen, — den Pfarrer und Bernhard — —

Karl (lauter). Ah — der unverschämte Kraftmensch — das ist also der Bernhard.

Leonie (auffahrend). Bernhard... wo ist Bernhard? (sich besinnend) ah, mein Gott, — so zu träumen am hellen Tag — —

Mary. Nun habt Ihr Mama gestört mit Eurem Disput —

Leonie. Ach nein — das thut nichts — ich sollte jetzt gar nicht schlafen — — von was spracht Ihr denn?

Karl (neckend). Von Fräulein Martha's letzter Liebe —

Martha. Unsinn! Von Bernhard sprachen wir — von dem ich Ihnen gestern abend noch so lange erzählen mußte — wissen Sie, — Sie interessirten sich für sein Schicksal —

Karl. Was? auch Mama? Das ist ja einfach unglaublich —

Leonie. Ja, ja, — ich erinnere mich —

Martha. In dem Menschen steckt eine große, ergreifende Traurigkeit und etwas, wie soll ich sagen, etwas festes, Unbeugsames, Wildes ...

Karl. Allerdings, — sehr wild — ganz unverschämt —

Martha. Sie haben ihn aber auch gereizt —

Karl. Werde doch keine Geschichten machen mit so einem Bauernflegel —

(Leonie, die sich halb erhoben hat, ist bleich, sie langt nach einem Glas Wasser.)

Mary. Ist Dir etwas, Mama?

Leonie (matt). Nein, nein, — nichts, — es ist nur sehr schwül heute — (sie trinkt einen Schluck Wasser).

Karl. Deine Nerven sind wirklich ganz miserabel, Mama, — ich glaube sogar sie sind schlechter geworden, seit wir hier sind — — habe ja gleich gesagt, daß das kein Ort ist für Dich —

Mary. Nein, Montreux, Schluderbach, Fusch — das war alles viel hübscher —

Leonie. Laßt mich doch — ich will aber hier sein — es thut mir wohl, ganz wohl — das könnt Ihr nicht so beurtheilen. — —

Martha (aufstehend). Soll ich den Schirm nicht aufspannen, — es blendet ein wenig durch die Zweige —

Leonie. Nein, Liebe, es ist gut so. Wie spät ist es?

Karl (die Uhr ziehend). Sechs Uhr in drei Minuten — da muß ja die Geschichte bald losgehen —

Martha (sieht ins Dorf hinab). Ich sehe noch niemand —

Karl (auf das geschmückte Haus deutend). Was war die Kaluppe eigentlich früher — bevor Mama den genialen Plan aushecke? ...

Martha. Als das Schloß früher noch ein Kloster

war, hatten sie in diesem Seitenbau die Nachtquartiere für durchziehende Mönche errichtet, — später war es das Gesindehaus und zuletzt hatte der Müller es gemiethet für seine Vorräthe —

Karl. Sie sind ja die reine Chronik —

Martha. Oh — ich weiß noch mehr — ich weiß sogar eine schaurige Geschichte von der Linde da.

Leonie. Es ist also hier etwas schreckliches geschehen? —

Martha. Ja, ein Bauernmädl hat sich mit einem vornehmen Herrn vergangen —

Mary. Aber Martha —

Martha. Und hat ihr Kind hier weggelegt bei Nacht und Nebel — (Leonie hört gespannt zu.)

Martha. Und hat sich heimgeschlichen. Aber Angst und Reue haben sie wieder hinausgetrieben und wie sie am dämmernden Morgen zur Linde kommt, findet sie das Kind erfroren —

Leonie (macht eine Bewegung).

Martha. Und da hat sie es in ihre Arme genommen und hat geweint und hat es eingegraben unter der Linde und ist in's Kloster gegangen zur ewigen Buße ...

Leonie (langsam vor sich hin). Zur ewigen Buße —

Karl (leichtfertig). Ein äußerst unpraktisches Mädel gewesen —

Martha. Pfui — was haben sie für Ansichten —

Karl (frivol). Na, ich bitte Sie, so was liest sich in alten Chroniken recht schön — aber das moderne Leben faßt derlei bei weitem zweckmäßiger auf — —

heute, zum Beispiel wird das Mädel ganz einfach vor dem Gemeindevorsteher seinen Knix machen und ihm einen kleinen Schreihals als Beitrag für Mama's Asyl übergeben (lacht, sich zu Leonie neigend.) Nicht wahr, Mama, — oh Du bist eben eine einsichtsvolle, praktische Frau! —

Leonie (sieht ihn mit einem schmerzlichen Blick an). Glaubst Du das?

Hannek (kommt von links, er hat Ähnlichkeit mit Karl, elegant sommerlich gekleidet, eine gewisse frivole Noblesse im Äußern). Na, habt Ihr alles geordnet — ich habe dem Pfarrer den Wagen geschickt, er hat dankend ablehnen wollen, der Idealist, er zieht es offenbar vor, sich halbtot zu schwitzen da herauf — aber ich habe ihn doch überredet dazu — — froh bin ich, wenn ich diese humane Feier überstanden habe — — (geht zu seiner Frau.) Na, was machen wir Lony — Kopfschmerz besser? —

Leonie. Nicht viel —

Martha (zu Karl und Mary). Kommt, helft mir noch ein wenig inspiziren, ob alles bereit ist, — die Kinder werden im Asylgarten abgespeist, die Großen im Zimmer — (zu Karl.) Bitte sagen Sie noch Mathes das Faß Wein soll er unten rum schieben.

Karl. Ja, ja, — soll besorgt werden — das heißt, wenn Sie mir versprechen, daß ich der kleinen, — wie heißt sie nur — der kleinen Mirzl recht oft einschenken darf —

Martha (im Abgehen). Schämen Sie sich — (alle drei ab.)

Hannek (setzt sich zu Leonie, zündet seine Zigarre an).

Leonie (steht auf, wendet den Blick langsam, um zu sehen, ob niemand da ist, dann leise, dringend). Du hast ihn gesehen, Botho?

Hannek. Ja — so nah, wie ich Dich hier sehe —

Leonie (mit bebender Stimme). Nun? — was ist's, sprich doch —

Hannek (etwas gezwungen heiter). Oh — ein ganz famoser Kerl — so — (deutet die breiten Schultern an) stark, blühend, — könnte Karl was abgeben . . .

Leonie (forschend). Hast Du mit ihm gesprochen?

Hannek. Ja, ich habe mit ihm geplaudert, so ganz zufällig weißt Du, — über Wind und Wetter, Schneefall und Wildstand, — was man so sprechen kann, — er scheint ein ganz verständiger Kerl zu sein —

Leonie (in verhaltener Bewegung). Und hast Du Dich nicht verrathen, Botho — ich meine, wenn Du ihn so nahe vor Dir hattest —

Hannek. Lächerlich — kennst Du mich so wenig, Lony?

Lony. Nein, nein, — ich weiß, aber sag einmal — ist es wahr, daß sein Blick so traurig ist —

Hannek. Wer sagt das?

Leonie (hastig). Die Mädchen sahen ihn gestern — es kann nur er gewesen sein — und Martha sagt, es läge etwas tief Trauriges in seinem Blick —

Hannek. Das Mädel hat immer solche Phantasien — ich habe nichts Auffälliges an ihm gefunden —

Leonie. Wenn es doch wäre, Botho, — es ist ja gar nicht unmöglich, — eine innre Stimme sagt es mir, daß es so ist! Er grollt, weil seine

Nachforschungen vergeblich blieben — er haßt uns — er flucht uns vielleicht — oh, Botho wie schrecklich das ist — — (sie legt die Hände über's Gesicht.)

Hannek. Siehst Du, Lony, so bist Du nun, Du siehst Gespenster am hellen Tag! Laß Dir nichts weiß machen von dem Mädel, — ich wette, er hat sich die Sache längst aus dem Kopf geschlagen, — so ein gesunder Kerl, da hält der Trübsinn nicht lange an — Du hast doch selbst gehört, er war beim Tanz — —

Leonie. Ja, Martha hat mit ihm getanzt und er hat ihr Andeutungen gemacht über seinen Kummer, — sie sagt —

Hannek (ärgerlich). Ah was sie sagt, — diese Martha ist wie ein Spürhund, sie wittert überall Romantik, wie er Hasen ...

Leonie. Botho!

Hannek (küßt ihr lässig galant die Hand). Verzeih, mein Kind, — aber ich kann einmal die Überspannt= heiten nicht leiden —

Leonie (in verhaltener Angst). Glaubst Du viel= leicht, daß auch das überspannt sei, was ich da innen sitzen habe, — diese Furcht vor ihm, — diese nagende Reue?!

Hannek (in lässiger Apathie). Aber ganz gewiß, mein Kind, — Deine Nerven sind eben sehr ange= griffen — ich mache mir ernstlich Vorwürfe, daß ich Deinem Drängen nachgegeben und Dich hierher gebracht habe, — — es war eigentlich eine unverzeihliche Schwäche von mir, mich dieser Laune zu fügen — aber ich bin eben immer schwach gewesen meiner schönen Frau gegenüber ...

Leonie (die sich wieder gesetzt hat). Sag das nicht,

Botho — Du weißt, ich hätte so nicht mehr fortleben können —

Hannek (halb frivol, halb gefällig). Wir haben doch lange Jahre miteinander gelebt, Lony, — glücklich gelebt, ohne uns um diesen — diesen Fehltritt zu kümmern.

Leonie (mit Ausdruck). Ja, das ist wahr, Botho — unverzeihlich lange Jahre — ich kann es jetzt nicht begreifen, wie das möglich war — — (sie sieht starr vor sich hin.)

Hannek (die Achseln zuckend). Bah — es war ganz gut möglich, es war sogar ganz selbstverständlich — wir hätten gar nicht anders können, wenn Du es genau bedenkst — — (sie schüttelt trüb den Kopf.)

Hannek (neigt sich vertraulich zu ihr). Weißt Du noch, wie wir uns kennen lernten, Leonie?

Leonie (mit einem schmerzlichen Seufzer). Ja — —

Hannek (langsam, mit diskreter Betonung). Du warst ein reizendes Weib — die Leidenschaft überwältigte uns, aller Klugheit und allem Pflichtgefühl zum Trotz! Und du warst damals noch die Frau eines Andern — — eines kranken Mannes — — es blieb uns nichts übrig, als zu lügen und das Kind geheim zu halten, das sein Kind nicht war — —

Leonie (ihr Gesicht verhüllend). Oh diese schreckliche Lüge — —

Hannek (ebenso). Während er im Süden war, kam das Kind zur Welt — — in einem kleinen Orte, fern von Wien, — man brachte es hierher, heimlich, mit einer Anzahlung und einem Briefe — —

Leonie. Quäl mich nicht, Botho — alles das lebt ewig in meiner Erinnerung — —

Hannek. Und dann, als dein Mann starb, — da wagten wir erst allmählich uns einander wieder zu nähern, — — die Meute seiner Verwandten war hinter uns her und jeder Athemzug wurde zu Protokoll genommen.

Leonie. Ja, das war eine schreckliche Zeit!

Hannek Nun also — was konnten wir sonst thun, als schweigen.

Leonie. Nein, Botho, wir hätten Mut haben sollen, im Anfang gleich!

Hannek (lebhafter). Mut, Mut! das hört sich so bieder an, aber das geht nicht so, wie man denkt! Vollends bei uns, in dieser heuchelnden Gesellschaft, die vor jeder Wahrheit die Augen schließt —

Leonie (fest). Wir hätten dennoch Mut haben sollen!

Hannek (mit einem leichtfertigen Lächeln). Nun, wenn Du das willst, — wir hatten ja Mut, — wir heirateten ein Jahr nach Deines Gatten Tod . . .

Leonie (langsam betont). Damals wenigstens hätten wir an das Kind denken müssen —

Hannek. Wir wollten uns frei fühlen, — bräutlich frei sozusagen — ein neues Leben frisch beginnen, wie Leute, die einander noch nicht so nahe stehn. Und dieses Kind wäre eine peinliche Erinnerung an unsre frühere Schuld gewesen . . .

Leonie. Das war schlecht von uns, Botho —

Hannek. Du bist ein wenig exaltirt, meine Liebe. Wir hatten ja ohnedies eine Fülle von bösen Gerüchten, von häßlichen Anzüglichkeiten zu verwinden, ehe wir so ganz fest saßen in der öffent=

lichen Meinung! Den leisesten Verdacht zu wecken wäre Wahnsinn gewesen — bedenke doch, ich, in meiner Stellung als Parlamentarier — nein, nein, das war Alles ganz unmöglich, Leonie —

Leonie (schweigt, den erhobenen Kopf in die Hand gestützt).

Hannek. Und dann — wir blieben ja nicht allein, — wir hatten zwei Kinder —

Leonie (wieder aufstehend). Und während wir diese beiden Kinder hüteten und in Glück und Reichthum großzogen — mußte das andre darben . . .

Hannek (leicht). Na — ich muß gestehn es hat ihm nicht schlecht bekommen dem Jungen — (einlenkend, auf sie zugehend.) Du siehst das alles jetzt unter dem Einfluß Deiner Nerven Liebste —

Leonie (gesteigert). Daß ich auf ihn vergessen konnte — auf mein Kind vergessen!

Hannek. Das war ja natürlich unter solchen Umständen. Du hattest Karl und Mary, Deinen großen Hausstand, gesellige Verpflichtungen — da schlief das so allmählich ein. Man war froh, daß es einschlief — wir dachten auch unwillkürlich, er sei gestorben —

Leonie. Nein — er lebt — er lebt!

Hannek. Nun, und siehst Du, wir thun ja jetzt, was wir thun können. Du entlastest Dein Herz, indem Du diese Stiftung in's Leben rufst, wir lassen dem Jungen durch Vermittlung des Pfarrers ein hübsches Heiratsgut in die Tasche schieben. Also was willst Du noch mehr, mein Kind, — so ist die Sache meiner Ansicht nach vortrefflich erledigt und Du kannst ganz beruhigt sein . . .

Leonie. Glaubst Du nicht, daß der Pfarrer sich weigern wird, den Vermittler zu machen?

Hannek. Halte ich für ausgeschlossen, der ist jetzt butterweich gemacht durch die fromme Stiftung und überdies kann es ihm doch nur willkommen sein, da er sich des Burschen so angenommen hat, wie aus den Briefen an den Rechtsanwalt hervorgeht, die er ihm wieder zurücksandte —

Leonie. Das war niedrig von dem Rechtsanwalt, — wir hätten es nicht zugeben sollen —

Hannek (mit frivolem Spott). Erlaube einmal, Leonie, das war nicht niedrig, sondern ganz einfach vernünftig. Hätte er mir etwa den Gefallen erweisen sollen und dem Pfarrer postwendend schreiben, wir würden hocherfreut sein, den Jungen zu sehen — er möge ihn nur ja gleich per Eilgut senden — — einfach humoristisch, die Idee! Und wir haben vielleicht eben Gesellschaft, — Karl führt seine kleine Baronesse zu Tisch, Du trägst die imposanteste Deiner Toiletten, — Durchlaucht haben uns vielleicht die Ehre erwiesen, zugegen zu sein — und plötzlich wird der Teppich zurückgeschlagen und ein — Bauernbursch tritt über die Schwelle, mit Lederhosen und unverfälschtem Dialekt. Durchlaucht hebt sein Monocle, die kleine Baronesse kichert, — man erwartet ein kleines, theatralisches Intermezzo — und die Erwartungen werden sogar übertroffen — — man bekommt ein Stückchen Lebensdrama zu sehen, denn der Bauernbursch wird den versammelten Gästen als plötzlich vom Himmel geschneiter — Erstgeborner präsentirt! Tableau! —

Leonie. Du bist grausam, Botho!

Hannek (ihre Hand streichelnd). Das war nur so

eine kleine Skizze — um Dir zu beweisen, wohin Du Dich zuweilen verirrst in Deinen Träumereien — in Wahrheit, (er zündet eine Cigarre an.) hoffe ich die ganze Angelegenheit bald erledigt zu haben und dann wollen wir machen, daß wir heimkommen — es war überhaupt keine sehr glückliche Idee dieser Aufenthalt — man hat keinen anständigen Menschen, mit dem man ein Wort reden könnte, und Du verzehrst Dich in ganz unnötiger Aufregung —

Leonie. Wenn ich ihn gesehen habe, werde ich ruhiger sein, — ich muß in seinen Augen lesen, was er denkt, seine Stimme muß ich hören —

Hannek. So lange Du Dich so schlecht be= meistern kannst —

Leonie. O laß' mich nur — laß' mich — was liegt daran!

Hannek. Es liegt sehr viel daran, meine Liebe —

Leonie. Ich werde mich nicht verrathen, Botho, — nur eines sag' mir —

Hannek (nachlässig). Nun?

Leonie. Sag mir nur, ob Du nichts fühlst bei alledem?

Hannek. Wie meinst Du?

Leonie (fest und langsam). Ich meine, ob Du nicht fühlst, daß wir Verbrecher sind?!

Hannek. Du brauchst sehr starke Worte, Leonie, — ich will es Deinen Nerven zu Gute halten . . .

Leonie (aufstehend, gesteigert). Nein, schone mich nicht — und verlange nicht, daß ich Dich schone! Wir müssen doch endlich von einander wissen, was wir denken — — (allmählich gesteigert). Siehst Du, in all den Jahren her haben wir neben einander hingelebt wie in einem Taumel, — Du ließest mich nicht zur Besinnung kommen, wir führten ein fröhliches stolzes Leben, wie hundert Andre — als ob wir ein Recht gehabt hätten, so zu leben! . . .

Hannek (mit unbehaglichem Staunen). Nun ja, —

Leonie. Wir hatten aber kein Recht dazu, Botho, — denn unser Leben war auf einer Lüge aufgebaut und wir wagten es nicht einmal, diese Lüge einzubekennen — wir tasteten schleichend darüber hinweg und täuschten nicht nur die Welt, sondern auch uns selbst . . .

Hannek. Und Du bedenkst nicht, daß wir keine Wahl hatten — die Wahrheit hätte unsre Existenz vernichtet —

Leonie (aufflammend und groß). Ja, die äußerliche vielleicht, diese Existenz, die in Glanz und Stellung liegt, die in Titeln und Würden einhergeht und von neidischen Freundeslippen abhängig ist . . . die hätten wir verloren. Aber es giebt noch eine andre, höhere Existenz, das ist mir klar geworden in diesen Tagen der Einkehr — und diese Existenz, die ruht da drinnen, Botho, in uns, die kann uns niemand nehmen und niemand geben, als wir selbst! Es ist das Bewußtsein, Recht gethan zu haben — das Bewußtsein, Glück zu verdienen — — und siehst Du, Botho, dieses selige Bewußtsein hätten wir uns erringen sollen mit dem Mut der Wahrheit! — (Sie steht aufathmend, wie befreit von einer Last.)

Hannek (bemüht, sie umzustimmen). Du phantasirst,

Lony, — denke doch an Karl und Mary — sie sind ja auch unsre Kinder, Kinder, denen nichts von Sünde anhaftet, Kinder, die wir lieb haben dürfen, ohne uns in Gefahr zu stürzen — (auf sie einsprechend.) Siehst Du, das alles sind Deine armen, kranken Nerven, das giebt sich wieder, wenn wir nur erst daheim sind, in unsrem schönen, behaglichen Heim. Oder vielleicht könnten wir sonst irgendwo uns aufhalten — meine arme Lony braucht ein wenig Zerstreuung, nicht wahr? Das ist nichts in dem Nest da sitzen und den ganzen Tag über nichts hören als Buchfinken, — das macht melancholisch — —

Leonie (seinen umschlingenden Arm abwehrend). Nein, Botho, Du sollst mich nicht wieder einlullen, nicht wieder in den Taumel stürzen — hörst Du, ich will wach bleiben, ich will!

Hannek (mit einem Lächeln). Natürlich, das sollst Du ja auch, meine Liebe, — aber zum wachsein gehört vor Allem Vernunft, keine Schrullen, Lony — komm, sei meine kluge, schöne Frau, die Du all die Jahre her gewesen bist — siehst Du, Mary wird nun bald heiratsfähig, — das giebt zu thun, einen passenden Mann für sie zu finden . . .

Leonie (geht von ihm weg und sieht hinaus in's Weite. Er steckt die Hände in die Taschen und bewegt sich unbehaglich auf seinem Platze).

Hannek. Hörst Du mich?

Leonie (kalt). Ja, ich höre.

Hannek. Nun und Karl — an ihm kannst Du doch auch Deine Freude haben. Er ist überall gern gesehen, ein ganz flotter Kerl, was man so sagt, kann eine famose Partie machen, wenn er will . . .

Leonie (schweigt und bewegt langsam bejahend den Kopf).

Hannek. Nicht wahr, Leonie?

Leonie (ruhig). Wir haben Beide verkehrt erzogen —

Hannek. Kann ich nicht finden —

Leonie. So nur nach außen hin, — was sie können und haben, das ist alles nur Schmuck, das fliegt ab im ersten Lebenskampf — es ist keine Kraft in ihnen, kein Mut, — alles das nicht, was Menschen groß und edel macht!

Hannek. Du übertreibst. Sie sind keine himmelstürmenden Geister, — das ist heutzutage auch nicht nötig, — könnte ihnen nur schaden — aber sie sind sehr correct in Allem. Er ein bischen leichtsinnig, sie ein bischen hochmütig, — na, das bringt so die Stellung mit sich, aber wie sollten sie sonst auch sein, — in unsrer Gesellschaft sind sie doch alle so.

Leonie. Ja, leider.

Hannek (zuckt die Achseln).

Leonie (gesteigert). Ich, ich hatte diese Kraft, diesen Mut, damals, als ich nur mein Herz hörte, als ich Dich liebte — — da war etwas in mir, etwas, das mich vor mir selber groß machte, das mir wie eine heilige Flamme vom Herzen emporloderte. Ich vergaß alles, alles andre, — ich liebte Dich — und ich sündigte um dieser Liebe willen!

Hannek (nähert sich ihr zärtlich, wie in Erinnerung an sinnliche Stunden). Ja, Du warst schön, Lony — entzückend schön in Deiner Hingabe — —

Leonie (leise, mit bewegtem Spiel). Und dann — als ich Bernhard — da lebte dieser heilige Mut noch in mir — — und deshalb wird er auch in Ihm leben, das weiß ich — — Aber später erstickte das alles in mir, — da kam die endlos lange Zeit der Feigheit über mich, — — Ihr habt mich geknechtet, die Welt und Du — ich verlernte mutig sein, die heilige Flamme erlosch, alles, alles ward zu Asche — —

Hannek. Du hast doch nichts entbehrt, Leonie. Heiter, umglänzt von frohen Tagen, so hab ich Dich in Erinnerung — erst jetzt, seit Deine unglückseligen Stimmungen —

Leonie. Es war eben der Taumel, Botho! Ich gefiel Dir in diesem Taumel und Du warst darauf bedacht, daß er niemals ende ... Aber er hat doch geendet! In jener Stunde, als wir erfuhren, daß Bernhard lebt und daß er uns sucht —

Hannek (halblaut). Ja, die verwünschte Stunde —

Leonie. Da fiel es plötzlich von mir ab, das ganze, verlogene Glück und ich sah den Abgrund, in den ich mein besseres Selbst gestürzt hatte —

Hannek. Aber Lony —

Leonie (in ausbrechender Wehmut). Oh Botho — ich habe ein ganzes Leben versäumt —

Hannek. Du hast nichts versäumt, Leonie, gar nichts, — wenn Du mir nur glauben wolltest, — aber Deine Nerven, Deine armen Nerven ...

Leonie (ernst und groß). Was Ihr Nerven nennt, das ist nichts, als mein erwachtes Gewissen. O daß sie alle, alle aufwachten, diese trägen, schlaftrunkenen Herzen und sich auf sich selbst besinnen wollten!

Hannek (macht eine verzweifelnde ungeduldige Bewegung). Vielleicht bringt Dich der Pfarrer auf andre

Gedanken, — Ihr Weiber habt ja das schöne Vorrecht, daß Ihr Euch so vertrauensvoll an den Himmel anschmiegt!

Leonie (ihm in die Augen blickend). Siehst Du, Botho, wenn ich an den Himmel nicht mehr glauben dürfte, nicht auf Vergebung hoffen, auf eine ausgleichende große Gewalt, die mir diese Last vom Herzen nimmt — ich müßte verzweifeln, — und Du, Du jammerst mich so, weil Du gar nichts hast . . .

Hannek (mit leichter Ironie). Oh — ich habe, was ich brauche, mein Kind, wahrhaftig, alles, was ich brauche. Vor allem (er neigt sich ihr galant zu.) eine noch immer reizende Frau, — die nur zuweilen — wie soll ich sagen — ein wenig ungemütlich werden kann . . .

Leonie (schmerzlich, mit Leidenschaft). Über zwanzig Jahre bin ich Deine Frau, — und jetzt erst sehe ich, daß Du nichts Gutes aus mir gemacht hast! Nichts Gutes aus mir machen wolltest. Ich ahne, wie ich sein müßte, was unter andern Verhältnissen aus mir geworden wäre. Aber jetzt, es ist mir, als könne ich mich nie mehr hinauf arbeiten aus dieser zusammengesunkenen Moral — nie mehr frei werden — das ist das Entsetzliche — nie mehr ganz frei! —

Hannek. Ich weiß gar nicht, was ich von Dir denken soll, — gerade heute, wo Du ruhig sein solltest — —

Leonie (mit leisem Hohn). Nicht wahr? Gerade heute, wo ich mein' Kind wieder finden soll, — geb' ich mich selbst verloren . . . mich und Dich . . .
(sie versinkt in Gedanken, Martha kommt.)

Hannek. Gut, daß Sie kommen, Martha — heitern Sie meine Frau ein wenig auf — sie hat ihren trüben Tag (zu seiner Frau.) Ich bitte Dich, Lony, trachte ruhig zu sein, ja? wir sprechen später noch darüber — Du wirst alles einsehen lernen — ich will indessen sehen, ob der Wagen kommt (leiser.) Wirst Du dich nicht verrathen, Lony?

Leonie (kalt). Sei unbesorgt — (er geht).
(Leonie blickt ihm nach mit einem Ausdruck von schmerzlicher Verachtung. Sie wendet sich dann mit einem Seufzer ab und Martha zu, die den Strauß auf den Tisch stellt und die Gartenstühle gleichrückt.)

Martha. So, — da werden Sie thronen, wie eine Fürstin und auf Ihr Werk hinüberblicken. Wie schön das sein muß, so viel Gutes thun zu können — ich wollte, ich könnt' es auch, — aber so hab ich nichts als den warmen Antheil da drinnen und kann ihn nicht loswerden, kann all das Elend nicht lindern, das mich ergreift

Leonie. Sie sind immer geschäftig bei allem Guten, die richtige Martha, das ist auch etwas.

Martha (nickt). Da ist mir's am wohlsten, wenn ich alle Hände voll Arbeit habe und immer irgend einen Plan, irgend einen Gedanken, dem ich nachjagen muß.

Leonie (sich setzend). Ich glaube, Sie brauchen keinen Mann in Ihrem Leben

Martha (lachend). Wahrhaftig, das glaub' ich oft selbst! Na, so im geselligen Leben, da amüsire ich mich oft recht gern mit ihnen, aber sonst — nein, nein, — (ernster) sonst will ich nichts wissen von ihnen. Sie sind fast alle eigennützig, kalt, lüstern.

Leonie. Ja, das sind sie —

Martha (leichter). Ich will mich überhaupt in keines Mannes Gewalt geben, — ich könnte nur dort lieben, wo ich frei sein darf!

Leonie. Ja, die Freiheit, diese innre Freiheit — — bewahren Sie sich das, Martha, es ist nichts so elend, als sein besseres Selbst um ein Scheinleben zu verschachern!

Martha (an die Linde gelehnt, die Hände auf dem Rücken). Wenn ich einmal eine alte Jungfer bin, setze ich mich auf dem Lande fest, umgebe mich mit Kindern, Thieren und Blumen und lasse die Welt treiben, was sie will.

Leonie. Ja, wer das könnte, alles auslöschen, alles vergessen — (mit einer Handbewegung.) Das heißt, Sie, — Sie haben ja noch nichts zu vergessen —

Martha. O glauben Sie das nicht, gnädige Frau, ich habe diesen Ekel vor der Welt nicht so ganz unvermittelt und ohne allen Grund bekommen. Eine trübe Erinnerung knüpft sich daran, — die Erinnerung an einen Mann, der mir die Männer verächtlich machte ...

Leonie (in aufmerksamer Theilnahme). Auch Sie, Martha?

Martha. Ich war damals sehr jung, ein halbes Kind, — und ich sah zu diesem Manne auf, wie zu einem Heiligen. Er war der Erste, der mir begegnete, der Erste, der sich mit mir beschäftigte. Ich träumte davon, daß er mich liebe, alles Edle und Schöne erwartete ich von ihm. Und da merkte ich eines Tages. — es war auf einem Ballfest und ich war so glücklich in meinem weißen Kleid, mit meinem reinen einfältigen

Enthusiasmus. . . . da merkte ich, daß dieser Mann nur lüstern sei, nichts als lüstern — — es war mir, als sähe ich in einen schmutzigen Tümpel, ich erschrak in innerster Seele und meine ganze keusche, träumende Natur schien mir entheiligt . . . (kleine Pause.) Da begann dieser große Ekel in mir — und seitdem bin ich ihn nie wieder losgeworden. Das hatte mir die Augen geöffnet, — ich sah, was andre junge Mädchen vielleicht nicht sehen, ich ließ mich nicht mehr blenden von eleganten Manieren, von Laune, Bildung, zärtlichen Schmeichelreden. Ich fühlte hinter alledem die gräßliche, beschämende Leere heraus, die nichts denkt, nichts sucht, nichts will, als das eine — immer nur das eine — — Das hat mich ernüchtert für alle Zeit und so kommt es, daß ich an keinen Mann denke, wenn ich an meine Zukunft denke . . .

Leonie (ihr die Hand reichend). Sie haben etwas von der Festigkeit in sich, die uns Andern fehlt. Die meisten von uns schleppen sich an dieser Schmach weiter, wie an einer Kette, und die Versuche, sie zu lösen sind elend schwach . . .

Martha (ernst). Das weiß ich — und deshalb ist es für mich besser — frei zu bleiben —

Leonie. In Ihnen steckt etwas von der Frau der Zukunft, wie ich sie mir denke. Etwas Starkes, Heiteres, das nicht untergeht im Strom der Sinnlichkeit. Das ist es ja eben, weshalb wir so oft zu nichts Mutigem fähig sind, weil man nur Schwäche von uns will, hingebende Schwäche.

Martha. Ja, sie wollen keine starke Seele, — nur einen schönen Leib wollen sie haben.

Leonie. Sie wollen betäubt sein, nicht geliebt und verstanden —

Martha. Man hält uns für unweiblich, wenn wir darüber hinausdenken.

Leonie. Ja, weil sie Furcht haben vor dem denkenden Weibe! Je dümmer wir sind, um so lieber ist es ihnen, denn sie brauchen dann nicht zu fürchten, daß wir ihnen die Larve vom Herzen reißen — (gesteigert.) Und es kommt eine Stunde, Martha, — für jede von uns, — wo wir anfangen nachzudenken. Und dann graut es uns vor dem puppenhaften, seichten Leben, das wir geführt haben, vor dem Rausch der Sinne, dem wir unsre Seele geopfert haben, — und wir möchten uns aufraffen und dieser Erinnerung entfliehen und wir sehen schaudernd, daß wir nicht die Kraft dazu haben, daß wir mit erlernten Neigungen festkleben an diesem unnützen, leeren Dasein, — und wir möchten den Mut haben uns loszureißen — — und die Feigheit hält uns nieder mit eisernen Klammern, — und es ist alles vergebens — es ist zu spät — zu spät . . . (man sieht in einiger Enfernung den Wagen halten, dem der Pfarrer entsteigt, von Hannek begrüßt; sie kommen nach vorne.)

Martha. Ich hätte sie aufheitern sollen — und nun —

Leonie. Das kann niemand, liebes Kind! Es hat auch keinen Zweck, sich weiß zu machen, man sei fröhlich, wenn man's doch nicht ist — —

Hannek. So, Leonie, — da bringe ich Dir unsern wackern Pfarrer —

Leonie (reicht dem sich verneigenden Pfarrer die Hand auch Martha schüttelt sie ihm lebhaft).

Leonie. Ich bin Ihnen herzlich dankbar, Hochwürden, daß Sie gekommen sind —

Pfarrer (einfach). Bitte, Frau Baronin, erstens ist es meine Pflicht — und dann ist es an uns, dankbar zu sein. Sie haben uns einen Festtag geschenkt, einen von jenen Tagen, die unvergessen bleiben.

Leonie (ihn zum Sitzen einladend). Wenn man nur so Alles thun könnte, — mehr, noch viel mehr —

Pfarrer. Wir sind nicht verwöhnt in dieser Hinsicht.

Hannek. Ja, das glaub ich — es ist Alles ein bissl derout — Die Kirche auch schon schadhaft wie ich heut bemerkt hab —

Pfarrer. Leider, — unsre Gemeinde hat noch nicht viel von Wohlthaten verspürt. Wenn es schief gegangen ist, hat sie sich selber helfen müssen, — von anderswo ist wenig Hilfe gekommen. Umso tiefer geht uns zu Herzen, was Sie thun — die Leute hier sind freilich nicht geübt im Danken, aber innen, da spüren's sie's schon, glaub ich, es will nur nicht so über die Lippen —

Leonie. Das brauchts auch gar nicht, die Not ist groß, wie ich höre, und also war es Zeit zu helfen —

Martha. Ach ja — so viel arme Kinder!

Hannek (frivol). Das Pack ist allzu lyrisch veranlagt —

Pfarrer. Ja, die Zahl unsrer armen Kinder ist leider sehr ansehnlich. Die Gemeinde ist arm, es giebt wenig zu verdienen im Gebirg und bis auf einige Großbauern ist lauter bedürftiges Volk da. Keuschler und Holzhauer; viele sind verheiratet, die Meisten sind ledig; Kinder haben sie alle. Mehr als zuviel. Die Verheirateten füttern die ihren, so gut als es eben geht. Wenn der Eine oder Andre abstürzt, oder sich sein Beil über die Hand jagt, — dann ist halt der Krüppel fertig, so fern er nicht tot ist. Und dann geht das Elend an für Weib und Kind. Und die Ledigen, die lassen ihre junge Brut umlaufen und kümmern sich um nichts und lassen die Nachbarn und den lieben Herrgott dafür sorgen. Und das wachst auf wie die Schwämme im Wald und ist kein Absehen, was daraus werden soll —

Leonie. Überall Elend...

Pfarrer. Es ist also ein Segen des Himmels, der uns in Ihrer gütigen Spende trifft —

(Hannek spricht mit Martha).

Leonie Glauben Sie, daß der Himmel meine Gabe segnet? —

Pfarrer. Daran ist nicht zu zweifeln, Frau Baronin. Es steht doch geschrieben in der heiligen Schrift: Was Ihr dem geringsten meiner Brüder thut, das habt Ihr mir gethan!

Leonie. Ja, so steht es geschrieben. — Und noch eines möcht' ich wissen, Hochwürden, — — es ist vielleicht nicht der Ort hier, für eine solche Frage, — aber dennoch, weshalb sollte der blaue Himmel nicht ebenso dazu taugen, wie die Kuppel der Kirche, — — (sie neigt sich vor in kämpfender Bewegung). Wenn wir uns recht als Sünder fühlen — ist ein gutes Werk dann mächtig genug den Bann zu lösen, der uns niederzwingt?!

Pfarrer (schlicht und offen). Es ist ein Schritt zum Guten, und Gott, der in unsre Herzen sieht, erkennt jede Absicht und übet Barmherzigkeit — — aber dennoch mein' ich — —

Leonie (gespannt). Was meinen Sie?

Pfarrer. Daß ein Unrecht an der gleichen Stelle gut gemacht werden soll, an der es begangen wurde. Hartherzigkeit durch Milde, — Haß durch Liebe, Lüge durch Wahrheit ...

Leonie (langsam wiederholend). Lüge durch Wahrheit — — (ihm die Hand reichend.) Ich danke Ihnen — — (man hört singende Kinderstimmen. Ein festlich geordneter Zug von Bauern, Kindern, geführt vom Lehrer, Mädchen mit Sträußen, Allen voran Bernhard mit der blauen Marienfahne, um welche der Kranz gewunden ist, bewegt sich die Anhöhe herauf.)

Pfarrer (herzlich). Da kommen ja meine Bauern, machen mir Sorge genug zuweilen mit ihren harten Köpfen und ihren immer durstigen Kehlen und all dem Leichtsinn ihrer unbändigen Natur, — aber gern hab' ich sie doch! Ist ein guter Kern in vielen von ihnen, wer ihn richtig zu fassen weiß ...

Martha (zu Leonie). Sehen Sie — da ist er — der mit der Fahne —

(Leoniens Blick hat Bernhard sofort gefunden, erkannt und hält ihn fest. Ein leises Zittern überfliegt ihre Gestalt.)

Leonie (halb für sich). Ja, das ist er — so hab' ich ihn mir gedacht —

Martha. Wie sagen Sie? Nicht wahr, ein schöner Mensch?

Leonie. Ja — ein schöner Mensch —

Pfarrer. Mein armer braver Bernhard — — (zu Leonie.) Kennen Frau Baronin seine Geschichte?

Leonie (sich mühsam beherrschend). Ja — so — beiläufig —

Die Kinder singen (aus dem Kinder Schullied „der neue Tag" von Hahn).

> O neuer Tag, Du Freudenquell
> Gegeben uns zur Lust,
> Wir singen drum und jubeln hell
> Aus frohbewegter Brust!

Hannek (leise zu seiner Frau). Ein ganz flotter Kerl, was?

Leonie. Botho — —

Martha. Sie zittern ja, — was haben Sie denn?

Leonie. Lassen Sie nur — es ist nichts, — ein kleiner Schauer —

Martha. Soll ich ihnen ein Tuch holen?

Leonie. Nein, danke —

Pfarrer (lächelnd). Na, Bernhard, — tritt näher, — und Du Rosi ich denk Ihr habt ein Sträußel für die gnädige Frau —

Rosi und Bernhard (kommen näher).

Bernhard (reicht ihr den Strauß). Grad a weng Almrosa vo da Höh —

Rosi (eifrig). Und's Edelweiß hat er selba brockt, hoch drobn bei die Stoan, — in alla Fruah is er gestern auffikrallt, ledi alloan, ohne Eisn, der Nixnutz — grad a Wunda, daß er si net dastoßan hat . . .

Bernhard. I han ma denkt, wann uns die Frau a solchans Andenkan schenk, — muaß leicht von uns a oans kriagn, — is der Brauch so! Und mir habn halt nix Bessers, wia unsre Bleamalan da in die Berg. Und mir sagn halt a schön Dank für de Wohlthat, — wer's selba gspirt hat, wia hart als si lebt, wann ma koan Vada und koan Muata net hat den thuat's frei wohl, wann er für d' andern Hascherlan a Hülf woaß . . . (Leonie ist in kämpfender Bewegung gestanden, ihr Auge hängt an ihm.)

Pfarrer. Recht so, Bernhard, — dankbar muß man sein, auch für Wohlthaten, die nicht uns selber angehen — (er geht an den grüßenden Bauern vorbei, der Kanzel zu, spricht im Vorbeigehen mit Einigen, Kinder küssen ihm die Hand.)

Leonie (Rosi an der Hand fassend). Bist Du auch verwaist, mein Kind?

Rosi (den Kopf schüttelnd). Oh na, — i net —

Bernhard. Is'n Pflügelhofer sei Jüngste, verwaist bin bloß i —

Leonie (sieht ihn scheu an und bemerkt ein Mal an seiner Stirne). Verwaist — — —

Bernhard (darüber hinstreichend). Ja — gelten's — des Fleckerle da auf der Stirn is net extra sauber, — (mit Humor). aber i mag's gern leidan, — is 's oanzige Andenkan an mei Muatale — (wehmütiger.) I moan alleweil 's is as letzte Bussl, was ma auffidruckt hat ehnders furt is vo mir — (wieder in Humor umschlagend.) ah — macht eh nix, — leicht is guat, daß i des da hab, — is a Merkzeichan — gelt ja, Rosi, — (seine Fahne schulternd.) daß i derselbige gewiß und wahr bin! — —

Rosi (mit schelmischer Innigkeit). Den wullt i segn, der ma di vertauschat!!

Martha (zu Bernhard). Na — Grüß Gott — kennen Sie mich heut gar nicht?

Bernhard. Ah da schau her, — hiaz san Se a Dearndl wurn —

Martha (munter). Nicht wahr? Bin ich schön?

Bernhard. Ah ja — recht schön — —

Rosi (zupft ihn leise). Bernhard —

Bernhard. Was is?

Rosi. Gelt ja — dees is koa richtig's Dearndl —

Bernhard. Halt ja is koa richtigs —

Rosi. Zwegn was thuat's denn nacher a so?!

Bernhard. Mei — zan Gspaß halt!

Rosi. Gelt, — i bin aber a richtigs Dearndl?

Bernhard (sie herzlich betrachtend). Halt ja bist Du a richtiges Dearndl —

Rosi. Mei, wann i mi amal so anlegat wia a Stadtfräuln —

Bernhard. Geh, war do frei schad —

Rosi (lebhaft). War schad moanst? (leise.) Ja — gfall i da leicht a so, wia i bin?

Bernhard (auf Leonie blickend mehr in Gedanken). Halt ja gfallst ma Du a so —

Rosi (glücklich zu ihm aufblickend). Geh! (sieht, daß er in Gedanken Leonie betrachtet). Was lost denn hiaz?

Bernhard. Moanst net, Rosi — a so kunnt etwan mei Muatale ausschaun —

Rosi (betrübt). Geh, hiaz denkst scho wieda auf dees da — —

Bernhard (sich aufraffend). Na, na, — i moan halt frei a so — — (Rosi drängt mit ihm zu den Andern.

Leonie hat die kleine Szene mit entsprechendem Spiel beobachtet.)

H a n n e k (auf seine Frau zueilend gedämpft). Nun Lony, bist Du nun ruhiger? —

L e o n i e (mit unterdrückter Leidenschaftlichkeit ihn an der Hand fassend). Er ist mein Kind, Botho, — m e i n K i n d — —

H a n n e k. Um Gottes willen still, Lony —

L e o n i e (ebenso). Wenn ich noch einen Augenblick gezweifelt hätte, — er hat das Mal an der Stirne — das runde, braune Mal —

H a n n e k. Ja doch, er ist es, das ist alles gut, — aber mäßige Dich nur — bedenke —

L e o n i e (leidenschaftlich). Oh, daß ich nichts zu bedenken hätte, — daß ich nicht so elend feig wäre — — an dieser Feigheit geht die ganze Sittlichkeit zu Grunde —

H a n n e k. Ich beschwöre Dich, Leonie —

L e o n i e. Ich möcht' es hinausschreien in alle Lüfte — an mein Herz möcht' ich ihn reißen —

H a n n e k (mit unterdrückter Heftigkeit). Willst Du uns in's Unglück stürzen, — Dich, mich, unsre beiden Kinder, — willst Du den eklichsten Skandal heraufbeschwören, der je erlebt wurde, — weißt Du denn nicht, was auf dem Spiele steht, — unsre ganze Zukunft und — die Ehre eines Toten . . .

L e o n i e. Ja, das ist es eben, was mich rasend macht, — daß ich nicht kann, nicht darf —

H a n n e k. Siehst Du, — gerade heute, laß nur dies Heute vorüber gehn — das ist doch ein Fest der Sühne heute — — morgen bist Du ruhiger, das weiß ich. — Komm — nimm Deine Platz ein, der Pfarrer will sprechen — — —

Leonie (sich langsam setzend). Er sagt — ein Unrecht muß an der gleichen Stelle gut gemacht werden, an der es begangen wurde — — — Lüge durch Wahrheit

Hannek (zerstreut). Wer sagt das?

Leonie. Der Pfarrer — —

Hannek (leise, in wegwerfendem Ton). Bah — diese Pfaffen . . .

Leonie (den Kopf in die Hand stützend). Lüge durch Wahrheit . . . (Mary und Martha treten zum Tisch, auch Hannek setzt sich. Karl ist unter dem jungen Volk sichtbar und scherzt mit den Mädchen).

Pfarrer (besteigt langsam die kleine Kanzel, er wartet einen Augenblick, bis alles ruhig ist.) Meine lieben Männer und Frauen! Ich spreche zu Euch heute unter freiem Himmel, wie wir sonsten nicht zu thun pflegen. Es soll auch heut keine Predigt sein, wie Ihr sie Sonntags zu hören kriegt, — heißt das, — wenn ihr überhaupt in der Kirche seid. Nur ein Weniges will ich zu Euch sprechen von dem schönen Wort Jesu Christi: lasset die Kindlein zu mir kommen! . . . Lasset die Kindlein zu mir kommen, sprach der Heiland und nahm sie auf seinen Schooß, herzte und streichelte sie und unterwies die Eltern, sie sollten von ihren Kindern lernen, wenn sie eingehn wollten in's Himmelreich. Der Kindheit heilige Unschuld und Einfalt solle das Ziel sein, nach dem sie streben! Und seht, — was damals der Herr gesprochen, vor nahezu 2000 Jahren, — das hat Wurzel geschlagen im Herzen der Völker und ist grün und lebend geblieben bis auf den heutigen Tag. Und ist kein Unterschied zwischen Arm und Reich, zwischen Vornehmen und Niedern, — nicht an einen einzelnen Stamm, nicht an eine bestimmte Religion ist dies Gefühl gebunden, — in diesem einen Punkte sind wir Alle, Alle gleich, — — in der Liebe zu den Kindern. Wo ist ein Vater, der sein Kind nicht gern hätte, wo ist eine Mutter, die sich nicht sorgt um ihr Kind, die nicht weint, wenn es krank ist, die nicht zu Gott betet, er mög es gesund sein lassen?! Wo ist ein Mensch, der kalt bleibt bei Kinderthränen, — der nicht hingeht und tröstet das weinende Kind und giebt ihm gute Worte und freut sich, wenn es wieder zu lachen anhebt und ist gerührt und beglückt von aller Lieblichkeit und Einfalt eines Kindes?!

Ich wüßte Keinen — und so es Einen giebt, verdient er nicht Mensch zu heißen. (Kleine Pause, gesteigert.) Aber die Kinder nur in die Welt setzen und nicht auch für sie sorgen, daß sie groß und stark und brav werden, — das heiß ich einen blühenden Apfelbaum umhacken, anstatt zu warten, bis er Früchte trägt! Und solches geschieht alltäglich, — bei uns hier, — und wohl auch bei andern. In der Stadt drin, so sagt man, wär's noch schlimmer, — und ich will es glauben. Wo die Menschen noch enger aneinander wohnen, wo die freie Luft nicht so voll hinströmen kann, wo der Erwerb alle Gedanken ausfüllt, da mag so manch ein gutes Gefühl noch leichter ersticken in Sorg und Elend. Aber auch bei uns in den Bergen, wo der blaue Himmel doch so nah ist, wo die starke Waldluft leben hilft, — wuchert viel Unkraut und geht manch Einer um, der kein Gewissen im Leib hat und an allerhand sonst denkt, — nur nicht an seine Kinder! Freilich sind

viel Arme darunter, die nichts thun **können**; sind
aber auch Leichtfertige darunter, die nichts thun **wollen**.
Wollen nur Schnaps trinken und immer wieder
Schnaps — und Fensterln gehn und immer wieder
Fensterln — — und denken nicht, daß aus diesem
doppelten Rausch das Elend aufwachst und daß der
Himmel Rechenschaft fordern wird, wegen all dem
Jammer, den ihr Leichtsinn zeitigt! . . . (Unruhe unter
den Bauern.) Und so kommt es, — daß wir viel Kinder
hinsiechen sehen an Leib und Seele. So kommt es,
daß viel Kinder aufwachsn und abfalln und in Staub
getreten werden und niemand fragt darnach. Der Fried=
hof ist voll von kleine Gräber — und die nicht sterben,
die lungern in den Ortschaften um verwahrlost, ver=
lassen, ohne Pfleg und ohne Zucht und wissen nicht,
wem sie zugehören und was aus ihnen werden soll —
ein Anblick zum Erbarmen. (Bewegung unter den Bauern.
kleine Pause.) Und seht Ihr, meine lieben Leut, — da
hat eine Fügung Gottes uns unerwartet eine große
Hilfe geschickt! Eine edle vornehme Frau ist in unser
stilles Dorf gekommen und hat es liebgewonnen und
hat mit raschem Blick erkannt, was uns not thut. Und
hat aus freiem Antrieb und eigenen Mitteln für Eure
verlassenen Kinder ein Haus gestiftet, in welchem sie
bis zur Zeit, da sie arbeiten können, verpflegt werden,
— dies Haus hier, das heute so festlich geschmückt ist
und übergibt dasselbe mit heutigem Tage dieser Ge=
meinde zu dauerndem Nutzen für Kinder und Kindes=
kinder. Sie werden nicht mehr Hunger leiden, sie
werden nicht mehr frierend zur Winterszeit an den
Thüren der Häuser hocken und sich in Stall schleichen,
betteln, bei Freund und Feind um ein Bröcklein Brot

und ein Tröpfl Milch, — sie werden nicht mehr an
Unsauberkeit und Schnaps zu Grunde gehen, — und von
der Schule wegbleiben und aufwachsen wie junge Katzeln
ohne Belehrung und Sitten, — — von jetzt an wird
das anders werden bei uns. Zucht und Ordnung wird
in diesem Hause sein und fremde Hände und Herzen
werden an Euren Kindern thun, was Ihr selbst ver=
säumt habt! (Kleine Pause, gesteigert.) So hat denn wieder
einmal über alle Lauheit und Schlechtigkeit das M i t =
l e i d einen Sieg davongetragen.

Das Mitleid! Die schönste, reinste Empfindung,
die der Schöpfer uns in die Seele gelegt hat. Mit=
leidig sein, heißt gut sein! — Wer mitleidig ist, der steigt
einen breiten Staffel hinan zu Gottes Thron. Und
so sag ich Euch, — lasset ein Beispiel sein, was
man an Euch gethan hat. Seid mitleidig, wie man
gegen Euch mitleidig gewesen ist. Wer Euren Kindern
Gutes thut, der hat auch Euch Gutes gethan. Sagt
doch Christus der Herr selbst: Wer ein solches Kind=
lein in meinem Namen aufnimmt, der nimmt mich auf
— und wer mich aufnimmt, der nimmt nicht mich auf,
sondern den, der mich gesandt hat ... Und deshalb
schreibt mit goldener Schrift in Eure Herzen: Mitleid
gegen Mensch und Thier. Auch gegen das Thier,
meine Lieben, sollt Ihr mitleidig sein. Denn es steht
geschrieben: Der Gerechte erbarmet sich seines Viehs,
— der Gottlose aber ist grausam! Und wenn Ihr
Eure Kinder nicht lehrt mitleidig sein, wenn Ihr ruhig
duldet, daß sie wehrlose Mitgeschöpfe quälen, wenn
Ihr dies selber thut vor den Augen unschuldiger
Kinder, — dann thut Ihr nichts Gutes an ihnen, denn
sie werden hart und gefühllos werden, sie werden an

Leiden der Menschen kalt vorübergehen, wie sie jetzt der leidenden Thiere nicht achten, — — wenn Ihr das Mitleid in den Kindern tötet, — so werden sie später E u ch töten, — denn sie werden stumm bleiben — bei den Qualen Andrer, sie werden das Bewußtsein der Sünde verlieren und das Bewußtsein des Schmerzes, den sie bereiten. M i t l e i d sag ich Euch ist die erste Tugend!!

(Kleine Pause).

Und die zweite — ist die D a n k b a r k e i t!

Die edle Frau, die dieses Haus gestiftet hat, sie hat aus Mitleid Gutes an Euch gethan und Ihr sollt mit Dankbarkeit dies Gute vergelten! (einfach.) Oft hab ich schon Einen sagen hören — es sei halt nicht leicht, das Danken — und oft hab ich's selber schon beobachtet, wie's Einem oder dem Andern schwer fällt. Verstanden hab ich's nie. — Ist die Bitte warm, warum soll der Dank nicht warm sein können?! Er braucht sich nicht in Knieefall und Handkuß zu äußern, — es braucht keine erniedrigende Demuth darin zu stecken, — aber er muß da sein der Dank, — lebhaft und herzlich und er darf sich nicht schämen, daß er da ist! — — Es mag nicht selten vorkommen, daß Einer dem Andern Dank schuldig ist — und die Jahre vergehn, und irgend ein Anlaß entfernt und entzweit sie. — Giebt allerlei Verwirrungen und Mißverständnisse im Leben — aber wie weit man auch räumlich oder in seiner Überzeugung getrennt sein mag, — der Dank, der Dank soll bleiben!

Die Erinnerung an ein Gutes, das wir erfahren haben, soll unvergessen in unsern Herzen fortleben und mag auch Jener, der uns Gutes erwiesen hat, schon lange tot sein — so soll sich unser Dank auf Kinder und Kindeskinder weiterleben und soll immer wach sein und niemals aufhören in unsrer Brust zu glühen — — ein heiliges frommes Feuer das die göttliche Gnade in uns angezündet hat . . .

Mitleid und Dankbarkeit — haltet Euch diese beide Tugenden vor Augen zum ewigen Angedenken an den heutigen Tag! . . .

(Pause. Er streicht mit der Hand über seine Stirne, Bewegung unter den Zuhörern.)

Und wenn Einer unter Euch ist, der ein schweres Herz hat, so soll er seine Bürde abwerfen und fröhlich sein, — denn wir feiern heute ein Fest der Freude! Und wenn Einer unter Euch ist, der Gnade ersehnt für eine Schuld, die er begangen, — (Leonie lehnt sich gespannt vor.) dann thu er sein Herz weitauf gegen Gott und sei reumüthig und mache wieder gut, was er verbrochen — heute, an dem heiligen Tag der Kindlein, an dem Feste der Barmherzigkeit! Und so segne der Herr dies Haus und die Kinder die es bewohnen werden und segne die edle Frau, die es gestiftet und Alle, die ihrem Herzen nahe stehen. Und lasse Frieden sein über ihrem Leben und schenke ihr seine Gnade. Amen (er neigt sich zu stillem Vaterunser, in das die Bauern murmelnd einfallen. Dann steigt er langsam die Stufen herab. Eine kleiner Chorknabe hilft ihm Stola und Chorrock umthun und reicht ihm das Weihfaß. Die Kinder bilden Spalier, er schreitet hindurch, das Weihfaß schwingend, durch die Thür des Hauses. Alles drängt ihm nach, die Kinder singen:)

„Üb' immer Treu und Redlichkeit
Bis an Dein kühles Grab,
Und weiche keinen Finger breit
Von Gottes Wegen ab."

(statt diesem Schullied von Mozart, kann auch ein andres, mit passendem, frommen Text gesungen werden.) (Die Stimmen verklingen leise. Martha, Mary sind auch gefolgt.)

Hannek (zu seiner Frau). Der Pfarrer ist ja ein Teufelskerl — (folgt den Mädchen.)

Leonie (die zurückgeblieben ist). Herr des Himmels! Ja, schenk mir Deine Gnade! Gieb mir die Kraft abzuschütteln, was lahm und elend an mir ist —

(Kleine Pause.)

Was soll ich thun? — — Lügen, und immer wieder lügen — — oder wahr sein und mich ausliefern der Schande, dem Spott, der ohnmächtigen Wut meines Mannes! (mit schmerzlicher Verachtung.) Zwar — mein Mann! Was war ich damals, daß ich ihn lieben konnte?! Ihn, der mein ganzes Leben klein und niedrig gemacht hat! War meine Seele taub und blind — hatte sie nicht das Bewußtsein ihrer selbst?! Ich weiß es nicht. Ich wußte damals nichts, gar nichts, — ich sah nur seine glatte, schmeichelnde Art, — ich hörte sein betäubendes Liebesgeflüster, — er vermochte alles über mich, Alles! Oh Schmach, sich so wegzugeben — sich so ganz zu verlieren — nichts mehr zu wissen, als daß man ein Weib ist!! (sie geht ein paar Schritte, bleibt dann stehen.) Wie war es möglich, daß ich das aushalten konnte jahrelang, — mit ihm so hinzuleben und mit den beiden Kindern, die ich geboren, aber die nichts von mir in sich leben haben! Nein, das fühle ich erst jetzt so recht — das war's, was mich oft plötzlich erschreckte, wenn ich sie liebkosen wollte, — sie sind seine Kinder, nur seine — — — dieselbe glatte, kühle, schillernde Schlangennatur, — nichts von Wärme, nichts von

Mut und Kraft! Aber er — Bernhard — ja, er ist mein Kind! O mein Gott — und das nicht sagen dürfen — das immer so in sich verschließen müssen und wieder fortgehen von hier und es mitnehmen und das alte, kahle Leben weiterleben und ihm fremd bleiben, ihn nicht an's Herz drücken können ... Und er sucht mich ja!! (Kleine Pause.) Wie sagte der Pfarrer? Und wenn Einer unter Euch ist, der sich schuldig fühlt — — — sollte er ahnen, — — nein, nein, es ist unmöglich! Aber was läge auch daran, wenn er es thäte — — er muß es ja dennoch erfahren, heute, morgen, — wenn er das Geld für Bernhard annehmen soll ... Geld! Ein harter, häßlicher Ersatz für Liebe! Wie wird der Pfarrer meine Beichte aufnehmen? All meine Niedrigkeit muß ich vor ihm ausbreiten, wenn er mir glauben soll! Aber er ist ein Priester, und ein Priester muß sein, wie das schweigende Grab — es wird niemand davon erfahren und er wird mich nicht verdammen! Aber wie ich ihn jetzt kenne, wird er mir sagen: — Sei wahr — nimm ihn an Dein Herz, mache gut, was Du verbrochen hast! Ja, ja, das wird er — — und er hat Recht, wenn er das will — ich will es auch, — — ja, ja, ich will, — aber diese erbärmliche Feigheit, die mir zuflüstert: nicht jetzt, nicht heute, — morgen, — vielleicht morgen — — oh, wie ohnmächtig bin ich — wie elend schwach — — (die kommen zurück, theilweise aus dem Hause. Bernhard lehnt seine Fahne an einen Baum, spricht mit Rosi und Martha, geht dann mit Beiden Andern in's Haus. Karl mit Mirzl. Hannet spricht mit einigen Bauern. Der Pfarrer neigt sich zu einigen Kindern.)

Leonie (geht auf ihn zu, reicht ihm die Hand, bewegt). Ich danke Ihnen, Hochwürden — das war eine

Rede, wie wir sie von Ihresgleichen nicht allzuoft hören —

Pfarrer (verneigt sich). Es ist mir zeitweise schon zum Vorwurf gemacht worden — daß ich so mich fortreißen lasse und zuweilen mehr sage, als nötig scheint, daß ich das Menschliche so betone — aber ich meine halt, wir sind Menschen und mit lauter Glaubens=thesen kommt man dem Gewissen nicht näher — —

Hannek (dazwischen tretend). Ja, famos gesprochen, Pfarrer, sehr wahr alles, — aber nun zu Tisch, wenn ich bitten darf, — nach ernsten Worten ein heiteres Mahl — — dahinein, ja wohl — (deutet auf die Thür.) Ich habe eine ganz spezielle Sorte für Sie kalt stellen lassen — eine Blume sag ich Ihnen — exquisit ... (nimmt den Pfarrer mit scherzender Herablassung am Arm. zu Martha). Es ist doch alles bereit, nicht wahr?

Martha. Natürlich, Alles — (zu Bernhard und Rosi). Geht nur hinein und hebt mir einen Platz auf, — heut gelt ich als Dirndl — und gehöre zu Euch ... (beide ab.)

Martha (zu den Kindern, sie in's Haus schiebend). So — da hinein, — laßt Euch's aber auch tüchtig schmecken, hört Ihr, — giebt nicht alle Tag so was Gutes, — und was Ihr nicht aufessen könnt, das steckt in Eure Taschen und Schürzen, so voll Ihr könnt, — gelt, das ist lustig, — Ihr habt aber auch brav ge=sungen ...

Mary (spöttisch). Du würdest ja prächtig zu einer Waisenmutter taugen —

Martha. Warum nicht auch zu einer wirklichen Mutter, — ich liebe Kinder abgöttisch —

Mary. O ja, ich auch, aber ein bischen anders müssen sie gekleidet sein —

Martha (mit Ironie). Ja, ich weiß schon, Decorationspuppen in Plüsch und Seide, altdeutsche Locken, altkluge Manieren, — — ein Graus, diese geputzten, blasirten Kinder — — (geht mit den Kindern ins Haus.)

Mary (wendet sich schmollend ab, zu Leonie). Und Du Mama?

Leonie. Geht nur voraus — ich komme nach — —

Hannek (sich umwendend). Du mußt Dich unbedingt ein wenig zeigen, Leonie, — nicht wahr, Pfarrer? Sie ist doch die Seele der ganzen Geschichte ...

Leonie (müde zum Pfarrer). Muß ich, Hochwürden ...

Pfarrer. Muß ist's nicht, mein' ich, aber eine Freude wär's für uns, Frau Baronin.

Leonie. Nun ja, Sie sollen Ihren Willen haben ... (Sie gehen hinein, Hannek reicht seiner Frau den Arm. Der Pfarrer folgt. Man hört Musik, Stimmen, gedämpfte Hochrufe, mehrere Nachzügler gehen in's Haus.)

Karl (mit Mirzl aus dem Hintergrund kommend). Na — heut muß ich doch was Hübsches kriegen, als Lohn für die Gastfreundschaft ...

Mirzl. Ah freili, — mei Bua werd eh scho so schiach vur lauta eifern —

Karl. Das ist mir eben recht, — Hinderniß-Rennen, meine ganz spezielle Passion.

Mirzl (einfältig). Wia sagns?

Karl (leichtfertig). Das verstehst Du nicht, Du kleines Katzel, — komm, wir wollen Deinem Liebsten ein's anzechen, daß er ein bißl gemütlicher wird, —

er braucht nicht alles zu wissen, was wir zwei mit=
einander verhandeln, weißt — —

M i r z l (ehrlich erstaunt). San Se aber a schlechter
Kerl — a so was ...

K a r l. Schlechter Kerl, — sehr gut. Ja, ja,
das bin ich auch, — bin's sehr gern sogar — im=
ponirt den Weibern kolossal ...

M i r z l. J versteh Ihna gar net —

K a r l (den Arm um sie legend) Das macht nichts
— wirst mich schon verstehn lernen, kleines Schaf, —
später — weißt — (ab mit ihr, kleine Pause. Ab und zu
hört man drinnen Lärm und Anschlagen eines Fasses.)

B o n i f a z (erscheint in der Thür und nähert sich lang=
sam dem Steig, der bergab in's Dorf führt, er schwankt ein
wenig) Na na — dees is nix — der Wein is ma
z'guat ... safra — dees war ma frei no liaba, wia
a Schnaps, ... lachan muaß i — in Pfarra schmeckt
er a — — no ja, zwegn was a net — — a so an
einschichtiga Mensch muaß do a weng a Freud ham, —
— — und predign kann er — — werd immer
gringer wern da Verdienst, wann er in Bauern so d'
Wahrheit einireibt, — — hab letztn erst ghört, daß
um a paar drei Stund weita gangan san in d' nächste
Pfarr zwegn eina Tauf, — — no ja, — er wurzt
eana halt's Taufwassa a weng zviel mit guate Lehrn,
— und wann's Kindal amal da is — — was nutzan
dann d' guaten Lehrn ... safra — stark is der Wein,
wirft ein völli um ... und i muaß murgn beinanda
sein — — i han sagn hörn, de gnä Frau da von
Gschloß, wullt murgn auf'n Pflügelhofer sei Alm auffi,
— da muaß i d' alt Wabi a weng vurbereitn, sunsta
trifft's da Schlag — Der Bernhard sullt's auffa führn

— is gspoaßi — mir taugt de Gschicht net recht, — d' Roserl is harb auf ihn — zwegn dera Fräuln da — — dees kenn i wol — und in Bernhard geht sei Muata wieda in Kopf umananda — — — — (mit einer Handbewegung, die Gedanken gleichsam abschüttelnd.) Wann der alt Bonifaz nur durchi kint durch dees Gwölk und an Urdnung machan und an jedn sei Ruah gebn — — aber der Wein — — safra der starke Wein — — (verschwindet etwas taumelnd im Hintergrund.)

R o s i (kommt gleich darauf aus dem Hause, erblickt ihn noch und sieht ihm nach.) Der Bonifaz geht z'Haus — hat eh recht, — — — net anschaun kann i dees Gethua da drinn — i wir frei no frank davo... (in weinerlich erregtem Ton.) ja mir sagg er' 's war koa richtiges Dearndl — und bald's bei cahm sitzt, schaut er's do wieda a so an — und lacht und redt, als wann's wer weiß was war, — — meina Seel i kunnt wanen — — so zwider is ma dees Stadtleut da... Aber eini ger i neama. J hock mi da hintern Bam und los a wenk. Leicht kemans aussa und nachden wir i's scho hörn, ob dees falsche Dearndl mir in Bernhard abwendi macht — — (etwas getröstet.) Aber no, sei do gscheib, Rosi — woaßt denn nimma, wia er gsagt hat: halt ja gfallst ma Du — — leicht gfall i eahm a — aber dees Fiaba is halt in eahm, dees'n nachi treibt nach de Stadtleut — — (kleine Pause des Nachdenkens, lebhaft.) Dees woaßi gewiß, — an denselbigen Tag, an den er auf sei Herkunft vergißt und bloß mi gern hat — bloß mi — — (drückt die Arme an ihre Brust.) an denselbigen Tag laß i a Meß lesn — kost's was kost — und da Bonifaz kriag a schön's Pfeifl — und b' alt Wabi an neugn Kittl und mei weiße Kalbin a roths Bandala um an Hals — und in Herrn Pfarra brock i an Buschn so groß als i'n dertragan kann — — und — — ja mei, was that i net all's wann der Tag nur scho da war!! ... Jessas — der Bernhard — (versteckt sich hinter die Linde.)

Bernhard (kommt mit gerötetem Gesicht, gleich darauf Leonie, die seine Worte noch hört, er geht nach vorne). J woaß net, wia mir is, — i bin frei net beinander heunt. Der Pfarra hat guat predign: abwerfan sullt ma sei Bürd — mir hängt's akrat heunt a so schwer an mein Herzn. — J kann's net anschaun mehr, de Frau — i muaß halt grab alleweil auf mei Muata denkan. Grad a so derfat's ausschaun, — a so stolz und fein beinander — — und nachdem kimm i in's Nachdenkan — Wo's eppa is und ob's no lebt und ob's denn gar neama denkt auf mi! Und schwül werd ma in Kopf — und all's tanzt ma a so vor die Augen — Js eh guat, daß i murgn auf d' Alm auffi kimm zur Wabi, — leicht werd ma besser drobn in da frischn Luft — (setzt sich auf einen Stuhl und stützt den Kopf in die Hand. Es ist schon früher dämmrig geworden. Jetzt zittern einzelne Sterne auf. Von der Thür des Asyles fällt ein Lichtstreifen auf den Platz vor der Linde. Jm Übrigen dunkelt es.)

Leonie (die schon früher in stummer Bewegung gelauscht, kommt näher. Ein Blick ringsum zeigt ihr, daß sie allein ist mit ihm. Sie tritt an ihn heran und legt ihm die Hand auf die Schulter).

Bernhard (fährt auf und sieht sie halb verstört an).

Leonie (ernst und mild, nach Worten suchend). Die Kleinen freuen sich heute, — ich möchte, daß auch — die Großen — fröhlich sind ...

Bernhard (halb in Gedanken). Ja freili — dees war scho guat —

Leonie (weich.) Sagen Sie mir, was ich thun kann — um Sie froh zu machen — Sie, — Bernhard — —

Bernhard (ungläubig lächelnd). Mi?

Leonie. Ja — es muß doch etwas geben, was so ein junger Mensch sich wünscht . . .

Bernhard (sie groß blickend). Mei Muata, — wann's mei Muata kennaten, — — leicht kunntens es eh scho antroffan habn — in der Stadt drin keman ja allerhand Leut' zsamm — und sel glaub i g'wiß, — mei Muata muß a schöne Frau sein — und wanns mi a glei verlassan hat — a guat's Herz muaß bengerscht habn, moan i, leicht hat's net ein und net aus g'wißt vur lauta Surg und Angst — und i wirf g'wiß kan Stoan mehr auf sie — aber grad gsegn hätt i's halt so viel gern — daß i traman kunnt vo ihr und daß i halt wüßt, ob's mi bengerscht no mag, ob's no a Gfühl hat für mi und für dees, was thoan hat . . . (sich besinnend.) aber mei, wia red' i denn daher, — geltns? b' Welt is ja so viel groß, wia ma lest — und a so a Muata is net leicht zan findn, — verschließt si ja wia a Mäusl —

Leonie (schwer athmend). Und wenn sie doch einmal zu finden wäre —

Bernhard (aufstehend). O mei, — da packat i's mit meine Arm und derdruckats als vur lauta Liab und Seligkeit (ernster.) Heißt das, wann's net eppa stulz is und schamt si zwegn meina und mag nix wissan von mir — (sich stolz aufrichtend.) Denn dees kunnt i net brauchan, daß si wer schamat zwegn meiner, war's wer da will. Bin freili nur an unglernter Bauernbua, aber wer is denn Schuld bran, als wia mei

Vader und Muata — — leicht kunnt i gscheiba sein, als wia alle — und kunnt umanaba gehn als Daner, der was leist und was is — und za den b' andern aufischaun und der a Stimm und a Recht hat in der Welt, — all's dees kunnt i habn, wann a rechtschaffene Liab mir's Leben gebn hätt und an urdntlichen Namen — Aber so — so bin i der Neamb und b' Welt is ewi verschlossn für mi . . .

Leonie (mit leiser, fast flehender Stimme, dann leidenschaftlich bewegt). Bernhard — die Welt draußen ist nicht so schön, als man hier in der Einöde glaubt. Lug und Trug ist dort, der Edle unterliegt dem Listigen, das Elend schreit nach Rache und mißgönnt dem Besitzenden jeden Tag der Freude — und wühlt und schürt und möchte alles zusammenstürzen sehen. Und Einer mißtraut dem Andern und kriecht doch vor ihm und alles ist Berechnung und Feigheit — und die wenigen Mutigen, die unter ihnen sind, werden verkannt und verlästert. Alles ist Schein, — es giebt kein großes, starkes Gefühl mehr, — wenn sie begeistert sein wollen, so müssen sie trinken — und wenn sie lieben — ist die bezahlte Dirne ihnen gut genug . . . (von ihm einen Schritt wegtretend und ihn mit mitleidsvoller Zärtlichkeit betrachtend.) Ja, das ist die schöne Welt, von der er träumt, der arme, arme Junge! — —

Bernhard (nach einer kleinen Pause). Und in dera Welt muaß mei Muaterle lebn?! —

Leonie (nickt langsam und traurig). Ja — in einer so schlechten Welt . . .

Bernhard (vor sich hin, innig). Kunnt's net za mir keman und neamer, neamer furt gehn vo da — —

Leonie (sinnend). Niemehr fort von da —

Bernhard. Arbeitn wullt i für sie und liab habn wullt' i's — und nachden — nachden hätt' i leicht koa Sehnsucht mehr nach was andern —

Leonie (mit einem leisen Lächeln). — — Und dann — dann würde der Bernhard seinen Hausstand gründen — und ein liebes, junges Weib haben und Kinder — — und die Mutter würde sich freuen darüber und würde ein stilles, glückliches Leben führen und so wunderschön eingehn in die heilige, wunschlose Zeit des Alters . . . versöhnt und befriedigt dem Tode entgegen — — — (aus dem stillen, träumenden Ton in einen müden, bebenden übergehend.) Ja — das ginge ganz gut, wenn sie nichts andres wäre, als Bernhards Mutter, — — — aber — (seinen großen, forschenden Blick auf sich fühlend.) vielleicht ist sie auch noch etwas anderes . . . wer kann das wissen — — ein Weib mit getheiltem Herzen, — — die eine Hälfte ist gut und groß, erfüllt von Reue und Liebe — und die gehört dem Bernhard — — und die andre Hälfte ist elend und kraftlos und feig — — und die gehört der Welt, — — —

Bernhard (sie heftig an der Hand fassend, in heftiger, zitternder Erregung). Sie kennan mein Muata — geltens ja — Sie kennans? I gspür's — da drin gspür' i 's, — Sie müassan's kennan! Drum seins a so guat und freundli für mi — weils wissan, daß i an Trost brauch — leicht hat's Ihna selba auftragn mit mir zredn — — mir a Kundschaft zbrigan vo ihr. — o heilig Maria, so war do mei Bittn net umasunst, geltens, Se sagn ma d' Wahrheit — die ganz Wahrheit — wo's is und wer — und ob i hindarf zu ihr — Se wissan ja, daß mei ganz Glückseligkeit an dem hängt ... (er kniet vor ihr, sie neigt sich einen Augenblick zu ihm.)

Leonie (hastig). Still, — man kommt, stehen Sie auf! Niemand darf etwas erfahren, Sie müssen schweigen, Bernhard ...

Bernhard. So schickans mi wieder furt ohne Trost — und mi verlangt so nach der Wahrheit!

Leonie. Sie sollen die Wahrheit erfahren, ich habe es Ihrer Mutter gelobt, Ihnen alles zu sagen, — aber nur jetzt nicht, heute nicht, — — morgen! Gehen Sie, — wir sind nicht allein ...

Bernhard. Aber morgen, morgen müaffans Jhna Wurt einlösn — so wahr als a Gott in Himmel is ... (ab).

Hannek (der schon ein Weilchen vorher aus der Thür getreten war, kommt näher. Er hält ein Glas in der erhobenen Hand und schwankt ein wenig). Wo bleibst Du denn, Lony — ah — Du, hast Gesellschaft gehabt — — Bernhard — — na, habt Ihr Euch ausgesprochen Du und er? — — — Ein ganz famoser Kerl, — was — gute Race, — — ja ... das war noch eine Zeit damals, als wir jung waren, — was, Lony — — — Die verfluchten Kerle haben mir immer wieder eingeschenkt ... ich muß sehn, daß ich loskomme von ihnen — na — heiratet er bald — was — — der Pfarrer will auch was zu thun kriegen — ein sonderbarer Kauz eigentlich, der Pfarrer — (lacht.) Lächerlich anständig ... ganz antiquirte ideale Ansichten ... na ja, — es muß auch solche Käuze geben ... der war damals nicht so skrupulös; weißt Du noch — der Dickwannst, der das Kind taufte ... ist bald darauf gestorben. — Wenn ich so denke, Lony, was wir

beide schon miteinander erlebt . . . (will sie zärtlich be=
rühren.)

    L e o n i e (die wie eine Bildsäule steht, eisig.) Du solltest
auf Dein Zimmer gehn, Botho — — es ist besser
für Dich — — Du wirst Kraft brauchen.

    H a n n e k. Kraft, sehr gut — Kraft — hab ich
noch, hab ich noch Lony, — ah — parole d' honneur
— wenn es sein müßte . . . (trinkt.) Ein famoser
Tropfen — mein Wein — — ich erinnere mich —
— Dein verstorbener Mann — — trank ihn damals
schon gerne — — (Leonie wendet sich ab und verhüllt ihr
Gesicht.) Schade eigentlich — die Kerls trinken
sehr viel davon — sehr viel . . . (man hört
von innen Hoch, der Herr Baron soll leben — hoch!) Hörst
Du sie — — lassen mich leben, die Canaillen —
warum auch nicht? — — Ich lebe gern — sehr gern
— (nähert sich Leonie wieder.) Du doch auch, — Lony,
— Du bist ja noch immer eine reizende pikante Frau,
— — — ja, das war eine Nacht, weißt Du noch —
damals — — er war verreist und wir . . .

    L e o n i e (sich herumwendend heftig und kalt). Geh —
— (Hannek wendet sich halb dem Asylhaus zu.) Nein —
dort — in dein Zimmer! . . .

    H a n n e k (geht langsam taumelnd dem Schlosse zu). Ja
— ja, ich gehe schon — — Du hast mich immer ein
wenig tyrannisirt . . . meine liebe Lony, — aber das
thun sie alle — alle — diese Weiber — . . .
gute Nacht — Lony — — — wir werden morgen
einen klaren Tag haben . . . (ab nach dem Schlosse).

    L e o n i e (zum Himmel aufblickend, der sternenhell ist,
groß und ernst mit Bedeutung).) Einen klaren Tag. Ja,
— das walte Gott. — — (faltet die Hände.)

    Der Vorhang fällt.

Dritter Aufzug.

(Alm. Vorne ein freier Platz, links steile Felswände mit Abstieg in's Thal. Rechts im Hintergrund die Hütte. Vorne ein natürlicher Brunnen, der plätschert. Daneben eine primitive Bank und ein ebensolches Tischchen. Man hört Kuhglocken.)

Wabi (sitzt vor der Thür und buttert. Sie singt dazu in kleinen Pausen mit ihrer dünnen, alten Stimme).

  Da Butta is gelb
  Und weiß is mei Haar
  Und mei Bua is ma gsturban
  Vur an etlan dreißg Jahr.

(sieht nach, ob die Butter flaumig wird, singt wieder.)

  Da Holla blüaht weiß
  Und b' Liab, de blüaht rot,
  Und wann ma halt alt werd,
  Nacher is ma bald tot . . . (seufzt und läßt die Hände sinken.) Wann i bloß den Tram net tramt hätt', heut Nacht. So was! Der Bernhard anglegt, wia a Stadtherr und so viel Leut auf da Gassn und schrein alle, in Bernhard sei Leich war so viel schön

gwesn. Und nacher kimmt er selba daher und sag
za mir: Wabi, sag er, lass di net anplauschan —
des is gar net mei Leich, des is mei Hochzeit! . . .
Na, a so a g'spaßiga Tram, — mei Letag hat ma
so gspoaßi net tramt. Gar net aussa bring in aus
mein Kopf. Und alleweil muß i auf den Buabn
denkan, alleweil . . .

Bonifaz (der schon früher unvermerkt hinter sie
getreten ist). Wabi!

Wabi (herumfahrend). Jessas Maria, da Bern —

Bonifaz. Na, deraweil bin's bloß i. Hast denn
mi etwan net gsegn in Dein Tram? (Nimmt seinen
Rucksack ab.) Als a lezelterner Reida bin i auf an kohl=
schwarzn Schimmel gsessan und bin obigroast über
Roan und han gruaft: Wabi, Wabi, wo bist denn,
mach's Fensterle auf . . .

Wabi (unwillig). Geh weita Du, — vo dir hat
ma mei Letag nix tramt. (buttert.)

Bonifaz. Sixt as, Wabi — das is a schauder=
hafte Ungrechtikeit vo Dir! Aber b' Weiba! d' altn,
wia d' jungen, all's von oan Gwax! Bald ma's
hamli abbusselt und sitzan laßt und a rechta Nixnutz
is, — sel wissan sa si net aus vur lauta Liab. Und
bald amal a recht a guata Kerl daherkimmt und bring
ihr a Ringale und thut halt so viel rechtschaffan und
hat's großmächti gern a lange, lange Lebenszeit durch
— ah, — da is da des net recht und des net sauber
gnua. A weng a lange Nasn hat er halt und war
halt do nix. a so an oanfache Wirtschaft nnd ma kunnt
ja wartn a no — und woaß da Teifl, was no alls!
Zletzt thuans net amal traman vo eahm . . . ja, ja,
Weibaleut! (zündet sich sein Pfeifl an.)

Wabi (heftig butternd). Ja, ja, freili, freili, als wann ma si seine Tram aussuachan kunnt! mein heitign hätt i ma scho gwiß net ausgsuacht, sel woaß i. Is 'n do eppa nix geschegn, in Bernhard?

Bonifaz. Deraweil no net, aber ganz richti kimmt ma die Gschicht halt do net vur.

Wabi. Ja mei, was is denn etwan?

Bonifaz. No ja, laufn eahm halt nach, wia die Goasln ...

Wabi. Ja wer denn? han?

Bonifaz. Zerscht amal d' Rosi und's zweite mal de Weibaleut von Gschloß ...

Wabi. Geh zua — thuast oan bloß foppan!

Bonifaz. No ja, wann i da sag — d' Rosi is verbrennt und b' andern — no wern halt a ver=brennt sein.

Wabi. Ja, wia is denn des nacher zuagangan?

Bonifaz. Wia's halt zuageht beim gern=habn ...

Wabi. D' Rosi hat 'n alleweil gern leibn mög'n, sel is wahr — aber b' Stadtleut, des is gspoaßi — Du — hiaz woaß i, — de mirkens etwan, daß er koa richtiga Bauer is, — das werb's sein!

Bonifaz. Balei! Des gfallt eahna ja grad so viel guat, daß er net a so a zampickts Stadtmandl is! Mit unsra Lodnjoppnan und Lederhosn hams as ja gnädi hiaz — ja!

Wabi. Geh zua?

Bonifaz. Maln thuaus uns, Bücheln schreibns über uns, in Parlament rebns über uns — (voll Selbst=

gefühl aufstehend). Mir san scho wer, mir, des is nea=
ma a so!

Wabi. Was d' net sagst — ja was kinnans
denn da bloß a so dazöln —

Bonifaz. No, wia ma halt lebn und wias
bei uns heraußt zuageht und daß mir halt ein wichtiger
Stand sein und gar net a so dumm als mir zeitweis
ausschaun — no und daß mir holt no alleweil die
bravern auf der Welt —

Wabi. Ja sag amal, is denn des wahr?

Bonifaz. No — wahr brauchts just net sein
zwegn den, — werd allerhand gschriebn und geredt,
was net wahr is . . .

Wabi. Ja zwegn was lüagens denn nacher
a so?

Bonifaz. No — a Lüag is's just a net. Woaßt,
— 's is halt a so, wia sullt i denn sagn? Wia
wannst a handvull Würmalan aufklaubst, — schwarze,
braune, rote, allerhand. Seind alle a Schadn für's
Feld, aber de, was halt in geringstn Schadn anrichtn,
de sein halt no alleweil die bessern . . .

Wabi. Mei, des kann i frei net glaubn, daß
d' Leut so viel schlecht sein! Und abmaln thuans
uns a, sagst?

Bonifaz. Freili, was d' halt a so siagst. I
mit mein Pfeifl, d' Rosl beim Kirchgang, d' alt Wabi
bein Buttern.

Wabi (lacht). Geh zua, ja wia woaßt denn du
des alls?

Bonifaz. No, wia i zletzt in Wean war, woaßt
eh, zwegn der Pflügelhoferin ihra Tant ihrn Sun, —
no, da hat mi da Loisl, der bein Sun vo da Pflügel=

hoferin ihra Tant in da Werkstatt ist, — Atellier nennens des — der hat mi umananda zart in da Stadt und hat ma alls zoagt. Mei, da giebts da was zan segn und zan hörn, — der Spetakel und der Durchanand, völli damisch werd ma davo! No und da hat er mi amal in a Haus einizogn, in a großmächtigs Haus, wo nix als wia Bilda drin aufgmacht sein, nix wia Bilda! Und die mahrascht sein Bauern drauf und Küah und Krautköpf · und arme Leut! An Aus= stöllung nennens des.

W a b i Ja mei —

B o n i f a z. Zerscht han i net gwißt, was des sein sullt, aber dann hat ma's da Loisl alls exschplizirt. Du, so viel Kalbalan und Küah siagst net amal bei uns da herobn, als wia durt auf de Bilder. Und Kraut und Kohl, wo's d' hinschaust, a gar a prächtigs Feld und net an oanzigs Hasale drein. Und d' Sun scheint da so drauf, daß ma richti moant, 's kunnt zan welkan anheben ...

W a b i. Da kriagat oans frei an Gusto!

B o n i f a z. Halt ja! und da Himmel is da so schon grean und de Bam so blau —

W a b i. Ja giebts denn des a so? des han i mei Letag net gsegn.

B o n i f a z (umblickend). No bei uns is deraweil no umkehrt — aber werd wol wo fürkeman —

W a b i. Gspoaßi muaß des sein.

B o n i f a z Und auf a paar drei Bilda — da lahnt da an ana lilafarbenen Gstaudn, oder sunsta wo a ganz a ... (wispelt ihr was in's Ohr.)

W a b i (schämig). Geh weida Du — so was — wia kann si oans denn a so — vor b' Leut —

Bonifaz. Aber Wabi — (auf die Stirn tippend.) bist denn gar a so — — des is ja bloß gmalt — — und a rota Schein drüba, i han gmoant, 's war da brinnende Dornbusch . . .

Wabi. A ganz a bsundre Kunst muaß des sein! Aber arme Leut? Wo nema denn die etwans Geld her zan abmaln lassan?

Bonifaz. Oh Du alt Weibale, Du bist wol fürchterli zurück in der Bildung! (betont.) De wern ja no zahlt dafür, daß ein einischaun lassan in ihr Stubn! A so a Maler, sag der Loisl, der is ja z'Tod froh, wann er in a rechte Keuschn, vulla Armut, einigrat', wo's alle krank sein und sterban und d' Wänd vulla Ruß sein und all's schmieri und zambrochan und net a bisserl a Sun in den ganzn Ölend!

Wabi (ungläubig die Hände faltend). Ja da schaust her —

Bonifaz. Da Loisl sag, wia schiacher als zuageht, wia liaba is eahna — und da is a so a Maler halt ganz glückseli, wann er an rechtn Jamma zan segn krieg. Nachden is erst recht schön und des malns halt an allerliabsten, hat da Loisl gsagt. Und nachden hängens all's zam in den großn Haus — und de schenen Ram, — gar net zan sagn, von lauta Gold, und gipsane Mandalan hockan dazwischn und da keman d' Leut vo der ganz Stadt und schauns an und wissan net ein und net aus vur lauta Nickan und Kopfbeuteln. Und wia mehr, als in Puz und Staat daherkeman, wia bessa gfallt eahna halt des gmalne Elend — no ja, daß as halt bessa gspirn, wia guat als eana da liabe Herrgott vermoant hat — —

Wabi. Ja, ja, a so werd's scho sein (kleine Pause.)

mei, wann i denk, daß da Bernhard akrat a so a Nobliger sein kunnt —

Bonifaz. Das war da gestern a Wassa auf sei Mühl, in Pfarrer sei Red bei der Einweihung, Gwettert hat er halt fest, da Pfarra, zwegn trinkan und Kinderlan kriagn — mei, des is halt a so a Sachen —

Wabi. Freili, freili —

Bonifaz. Aber daß i da sag, zwegn den bin i ja auffikeman, — herrichten sullst, — a weng a frisch Stroh und daß halt a weng was z'essen beinanda is . . .

Wabi. No, was is denn los? Kimmt d' Bäurin auffi? Paßt ma gar net heunt, aber scho gar net. D' Schekate hat a Kalbale kriagt gestern auf d' Nacht, a so a liabs, schneeweiß, — mei, i bin völli daschöpft vo dera Nachtwachn . . . muaß eh einischaun. (will in die Hütte.)

Bonifaz. Aufhaltn sag i — vur lauta Gschaftigkeit vergessat ma d' Hauptsach: d' Wabi kriagt heunt no an Einquartirung.

Wabi. Heilig Sebastian — z'letzt gar Soldaten?

Bonifaz (mit Humor). Ah na — so hoch auffi versteig sie koana, hiaz neama! Ja, amal — freili, amal — (zupft sie neckend).

Wabi. So red aussa — wer kimmt nacher?

Bonifaz. Gar a fürneme Gsellschaft — der Bernhard.

Wabi (erleichtert). A so —

Bonifaz. No und nacher halt d' Frau Baronin von Gschloß —

Wabi. Heiliger Joseph!

Bonifaz. Mit da Fräuln —

Wabi. Und i koa Reindl net aufgstellt und da Butta net firti, — mei, b' Schekate war halt so viel unguat! Was b' ma Du des net ender sagst, Du Blimelblam Du, — haltst oan auf mit Dein balkaten G'wasch, Du Dallapatsch Du, Du nixnutziga... (brummend ab in die Hütte).

Bonifaz (folgt ihr lachend). No hiaz is aber scho völli gnua mit'n schön thuan — Du verliab alt Weibale Du ... (ab.)

(Kleine Pause, Kuhglocken läuten. Rosi kommt den Steig hierauf mit Bündl und Stock. Hinter ihr der Pfarrer, gefolgt vom Meßnerbuben, der etwas Verhülltes trägt.)

Pfarrer. So, Du bist am Ziel, Rosi, ich muß noch weiter!

Rosi. A weng rastan müassans da, Hochwürdn, is no a guat Stückl Weg auffi in b' Einöd.

Pfarrer (aufathmend, wischt sich den Schweiß von der Stirne). No, so gar weit ist's nimmer. Und die Kranzelhoferin wart auf mich — So einen Menschen im Verscheiden, den darf man nicht warten lassen. (zum Brunnen gehend.) Grab einen Schluck Wasser muß ich mir gönnen — (trinkt am Rohr.) Ah — das stärkt — ist ein saurer Gang, das Versehen gehn — no, Wastl, trink Dich halt auch satt ... (der Bub lacht und trinkt.)

Rosi. Mei, is a harte Sach so wegsterbn vo drei kloane Kinda — und so viel grob sullt er gwesn sein gegn ihra, da Bauer, so viel grob —

Pfarrer. Das büßt er jetzt alles ab, alles, —

der braucht kein Fegfeuer mehr . . . alsdann bhüt
Dich Gott, Rosi, bleibst heut auf der Alm?

R o s i. Ja, Hochwürdn, — — da Bernhard führt
de zwoa Damen auffi, — da muaß i halt da Wabi
a weng helfan —

Pfarrer. So, so! No ich seh Dich ja noch,
wenn ich zurückkomme, gar zu lang werd ich mich nicht
verweilen in der Einöd . . .

R o s i. Bhüat halt Gott, Herr Pfarra (Pfarrer mit
dem Buben ab, allein, legt Bündel und Stock ab nimmt ihr Hütl
ab und streicht sich das Haar aus der Stirn, trinkt). So,
hiaz is ma a weng leichta, daß i nur da bin. Mir
liegt no da ganze Schrockn in die Knia vo gestern
auf d' Nacht. Was des nur war? I han's net recht
verstandn, — so gspoaßi hat's dahergredt, de fremde
Frau. Mir is völli angst worn hintern Bam, mei Herz
hat zklopfan anghebt, daß i frei neama losn han kinna.
Gspoaßi — a so redn do b' Stadtleut sunsta net mit
Bauern . . . Und da Bernhard, der eh alleweil auf
b' Stadtleut denkt! Mei, is a rechts Unglück, daß
akrat z' uns herkeman sein! Freili, für d' armen
Kinda is guat — aber sunsta . . . A Sünd is, des
eifersüchti sein, i woaß wol, aber i kann ma net helfan.
Und i denk halt, a Liab ohne Eifersucht is d' rechte
Liab net!

  In mein Herzn drein
  Brennt a liachta Schein,
  Is koa Feuer net und is koa Stern;
  Wor i geh und steh,
  Werd ma wol und weh,
  Is des oane bloß —:
  I han di gern!

Keman no alleweil net. Freili, mir san in Gamsſteig aufſikrallt, de müaſſan um's G'ſtoan umananda gehn, bei da Jagahüttn vorbei, — ſan ja nix g'wohnt, ſo Leut . . . Wann i nur wüßt — gar a ſo hoamli hat's thoan geſtern — — ſo, grab aſo, als wann's an kennan that ſcho lang — lang —

Bonifaz (ihr entgegen). Ah b' Roſerl — ſcho ſo zeiti auf da Alm — grüaß Gott —

Roſi. Grüaß di Gott a, — ja, was i ſagn wullt — um a Butta kumm i — b' Muata hat ganz vergeſſan, Dir's aufz'tragn —

Bonifaz. So — ſo — — no, werſt koa Glück habn heunt, b' Wabi is verſcheucht worn bein buttern, — b' Schekate a Kalbl und a Bſuch angſagt, — werſt eh ſcho ghört ham dabavo? —

Roſi (zerſtreut). Freili, — freili han' i 's gehört . . . hoaß is heunt —

Bonifaz (umſchauend). Halt ja, — derſat völli a Wetta keman —

Roſi. Moanſt?

Bonifaz. Is grab, wia bein gernhabn . . . bald 's amal z' lang her geht mitn gern habn — is Zeit, daß Heirathn einſchlag — wia da Blitz in an Heuſtadl . . .

Roſi (ausweichend). Ja, ja, kunnt ſcho ſein —

Wabi (aus der Thür tretend). Geh nur zuwa, Roſi, mei, di ſchickt unſer Herrgott — — ſo viel a Kreuz han i halt mit da Schekatn — gel kimmſt eini a weng — —

Roſi (im hineingehn). Freili, freili, — ja was is denn nachher, trinkt's etwan net urndli 's Kalbale?

Wabi (schon in der Thür). Ah da feilt's just net — (beide ab.)

Bonifaz (ihnen nachblickend). Is gspoaßi, — wann mas' a so betracht! A so wia 'b Rosi, war b' alt Wabi amal — und a so wia b' alt Wabi werd b' Rosi amal sein. Und a so geht's weita und weita, wia a Mühlrad. Bald is obn und bald wieder untn und alleweil schäumt's Wassa drüba. Kaum is auf da Höh, daß b' Sunn si recht spiegelt in die Tropfan, — fallt's a scho wieder in die Tiefen, in's Wassa eini — und aus is . . . (er singt)

So is halt s' Leben, wann ma's recht betracht,
A Mühlenrad, des lauft bei Tag und Nacht,
In Sonnenschein, in Sturm und Wettergraus,
Es lauft und lauft — da amal is halt aus!

Wia war do b' Liab so wunderwunderschön,
Wan's rastan kunnt' hoch drobn auf grüne Höhn.
Do kaum is durt, in Jugendlust und Glück,
Treibt's scho die Surg in's Jammerthal zurück.

Gar ungleich, sagn die Leut, war halt die Welt,
Der Oane arm, der Andre schwimmt in Geld,
Do schau nur hin, wia schnell das Rad si dreht —
Der Arme steigt, der Reiche untergeht!

Von Bildung, Wissenschaft, Humanität,
Werd, wo ma hinlost, mächti viel oft gredt.
Es glanzt so schön, wia Perlen jedes Wurt,
Do zmeist is Schaum — und greifst as an — is fort!

A Körndl Freud — a Schock voll Müh und Plag,
So dreht si's Menschenleben Tag für Tag!
Der Schicksalsbach, er kennt nit Rast nit Ruah —
Und Müller in da Mühl is die Natur!

(geht langsam nach rechts ab.)

Leonie (von Bernhard gestützt, kommt langsam herauf. Martha folgt ihnen. Leonie bleibt tief athmend stehen und wirft einen langen Blick ringsum).

Leonie. Endlich — endlich ganz oben, wo ich sein wollte —

Martha. Herrlich, nicht wahr? Was kann schöner sein als so ein Hochlandswinkel!

Leonie (Bernhards Arm freigebend). Ich danke — wenn dieser Arm mich nicht geleitet hätte, ich wäre unrettbar in die Tiefe gestürzt.

Bernhard. A balei, gar a so gfehrli is net, — a weng schwindli werd ma halt, wann ma de Berg net gwohnt is . . . i hätt Eahna tragn a, — i bin ja stark —

Leonie. Ja, so stark ist er! (Er wirft Pack und Stock beiseite.)

Martha. Hier also wohnt Ihre alte Pflegerin?

Bernhard. Ja, seit daß i a großa Bua bin und sie mi nimmer atzen und hatscheln kann, — seit dera Zeit is auf b' Alm verfessan, in Thal gfreuts as neama — (zur Thür hinein.) No Wabi, kimm aussa — Wabi — i woaß gar net wo's heunt steckan thuat — (geht hinein.)

Martha (zu Leonie). So, nun ruhen Sie sich aus, bitte, — es war doch ein ungewohnter Marsch —

Leonie (die ein Stück nach links geht und in die Tiefe blickt). Oh, ich werde noch lange genug ruhn —

Martha (zu ihr tretend). Brrr, wie schauderhaft tief —

Leonie. Wer da so unversehens hinunter= gleitet —

Martha. Ein häßliches Sterben —

Leonie. Ja, ein häßlicher Tod. Aber jedes Sterben ist häßlich, — das Hinsiechen zwischen Bettkissen muß noch grauenhafter sein . . .

Bernhard (mit Wabi). So, da is, mei alt Wabi, — a gar an unscheinbars Weibale — aba guat war's halt alleweil für mi — so viel guat!

Wabi. Geh, wia kannst denn a so was sagn — —

Bernhard. Is leicht net war?

Wabi (zu Leonie, die ihr die Hand reicht). Ja, i sag halt grüaß Gott — des is was seltsams, a Bsuch daherobn — gar net gfaßt war i halt, a Kalbale ham ma halt kriag in da Nacht, — mei, b' Schekate is akrat a so a Muatale wia an anders, muaß halt a so gschaut wern drauf, ja, und han halt gar koan Gedanken net ghabt da drauf — müassan halt zfriedn sein . . .

Leonie. Machen Sie sich keine Sorge, Liebe, es ist Alles gut so, wie es ist.

Martha. Wir haben ja auch selbst allerlei mitgebracht, (öffnet den Rucksack.) Da, eine ganze Menge, Wein, kalten Braten, Eier, — warten Sie, wir decken hier gleich zur Stärkung — (Wabi geht um ein paar Teller und Brot, Martha stellt alles zurecht, auch einige Gläser.)

Bernhard (in gedämpftem Ton, bittend). Völli net dawartan kann i's — —

Leonie. Später — jetzt ist's unmöglich —

Bernhard. Se wissan halt net, wia mir is —

Leonie. O ja — ich weiß es — ich weiß ganz gut —

Martha (zu ihr tretend). Ganz blaß sind Sie, es war doch wol etwas zu anstrengend.

Leonie. Ja, es war zu viel auf einmal.

Martha. Wollen Sie sich nicht ein wenig stärken hier — oder sichs drinnen ein wenig bequem machen?

Leonie (schenkt sich Wein ein, nippt daran, setzt sich dann mit dem Arm um die Banklehne und sieht hinaus in die Landschaft.)

Wabi. Wann i nur no an Reinling hätt', aba da jüngst Bua vo da Bäurin da drobn, de in Verscheidn is, hat ma's letzte Brockale abbettelt, mei, a so a Kind hat halt alleweil an Hunga —

Bernhard (dem Martha ein Glas anbietet). Gel Du — i han di wol a armgessan, wia i a Bua war —

Wabi. Mei Du — zeitweis war's scho völli a so — aba zeitweis hast gar koan rechtn Appetit ghabt — nur lauta spintifirn ... und verzagt sein —

Bernhard. Aba Du hast alleweil a Pflastale für mi ghabt.

Wabi. Mei, gern han i die ghalt ghab, sunsta nix.

Bernhard. Is eh 's beste, was oana kriegn kann ...

Wabi (in treuherziger Geschwätzigkeit). Woaßt as no — wia's mi Du alleweil für bei Muata angschaut hast —

Bernhard. Ja, bis d'ma Du amal dazölt hast, daß mei Muata a fürneme Frau is, de a so a kloans, dreckig's Büabel net brauchan könnt — — ah, laß ma's guat sein — leicht werd no all's anders —

Wabi. Hast eh recht!

Martha. Ist Ihnen etwas?

Leonie. Nein — ich werde nur doch ein wenig ruhen müssen — Kraft sammeln —

Martha. Sehen Sie.

Leonie. Wenn ich einmal plötzlich sterben sollte, Martha —

Martha. Sagen Sie doch so was nicht —

Leonie. Ich meine nur, — bei meinen elenden Nerven, — das wäre gar nichts so Seltsames. Dann will ich hier unten liegen auf dem kleinen Dorffried=hof, merken Sie sich das. Da ist wirklicher Frieden.

Martha. Sie sollten gar nicht an so was denken. Es geht Ihnen doch viel besser jetzt, besonders seit Sie sich dieses schreckliche Morphin abgewöhnt haben.

Leonie (mit einem Lächeln). Schrecklich?

Martha. Ja gewiß — solch pures Gift?

Leonie. Sie haben recht, Kind. Wer Ihre Jugend und Kraft und Seelenruhe hat, der thut gut daran, so etwas zu verachten. Aber Menschen, die nichts von alledem mehr haben, — für die ist es Glück, Erlösung von allen Qualen.

Martha. O Gott, nur kein Rückfall —

Leonie. Nein, nein — kommen Sie, Martha. (beide ab in die Hütte, in die auch Wabi früher gegangen.)

Bernhard (blickt Leonie nach, schüttelt den Kopf, geht an den Brunnen, trinkt. Setzt sich hin und stützt den Kopf in die Hand).

Rosi (kommt hinter der Hütte hervor und geht auf ihn zu). Auf a Wörtl, Bernhard.

Bernhard (aufschauend). Ja wo warst denn du versteckt, daß i di net gsegn han z' vor?

Rosi. In Stadl war i, bein Vieh.

Bernhard. So, so?

Rosi. Is da leicht zwida, daß i da bin?

Bernhard. Aba — wia kannst denn so redn?

Rosi. I bin eh bloß zwegn Deina da — mir is halt, als wannst in ana großn Gefahr warst — i han ma denkt, i muaß di verwarnan.

Bernhard. Schau, was da Du für Surg machst —

Rosi. Bernhard — 's is koa unnütz Wörtl, gewiß net, aba 's gscheida war halt, wanst di gar neama umschauast um de Stadtleut — kimmt nix guats aussa — gwiß net.

Bernhard. Geh, seit wann bist denn a so schreckhaft?

Rosi. I bin scho tapfer sunst — aba wann ma halt siacht, wia oana mit freien Willn in sei Elend stürzt ... is grad a so, als wann Oana beim Bergsteiga in Schnee eintreten wullt, weil er's net woaß, daß untern Schnee da Abgrund is — ... und i, i stund dabei und i woaß, daß sei Tod is — und i derfat eahn nur packen und danireißan — — so wurd i 's do thuan, gelt?

Bernhard. Freili, aber das is net bloß a so. Mancha Mensch will akrat den Weg gehn, den er si vurgsetzt hat — er muaßn gehn — (sie nickt traurig.) Na, na sei guat, Rosi — leicht kimt no der Tag, wo i des dalangt hab, was ich suach — — und wo i auf nix weita, denkan brauch, als auf mei Liab und mei Glückselikeit — nacherz' nacher, Rosi —

Rosi. Bernhard, i täusch mi gewiß net ...

Leonie (kommt zurück, langsam mit einem milden, müden Lächeln sieht sie die Beiden). Das ist Liebe.

Rosi (schreckt zusammen, läßt seine Hand los).

Leonie. Nun, so verstummt? Wollt Ihr mir den lieben Anblick nicht gönnen? Es thut wohl, das Glück zu sehen —

Rosi. No, mit'n Glück werd's net weit her sein.

Wabi (aus der Thür). Rosi, geh eina a wenk — schau in Butta an —

Bernhard. D' Wabi hat gruafn —

Rosi. Ja — ja — i geh schon — (geht langsam, sich umwendend, mit einem sorgenvollen Blick.)

Wabi. Rosi —

Rosi. Mei — i kimm ja eh... (ab in die Hütte.)

Leonie (für sich). Mut, Leonie, Mut! — Als ob ich diese peinigende Angst nicht in mir hätte. Aber ich darf nicht beten: Herr laß' diesen Kelch an mir vorübergehen! Ich darf es nicht. Ich muß ihn leeren, bis auf den letzten, allerletzten Tropfen...

Bernhard (ringsumblickend, kommt nun mit ein paar großen Schritten auf sie zu. Er ist sichtlich erregt, sucht sich zu beherrschen, bleibt vor ihr stehen).

Leonie (sieht ihn an).

Bernhard. So und hiaz — hioz werns ma do wol sagn derfan —

Leonie (die Hände nervös gefaltet, blickt um sich).

Bernhard (sich zum Scherz zwingend). Na, koa Mensch is da — nur b' Vogalan auf die Äst. Werd ja wol do net a so was schreckbars sein, daß net amal a Vogel —

Leonie (langsam). Ich hab es versprochen — ihr und Dir — — und was man verspricht, das soll man halten...

Bernhard. Freili, a so is da Brauch bei rechtschaffane Leut.

Leonie (mit einem leisen Zittern in der Stimme). Auch wenn jemand zu Grunde geht darüber ...

Bernhard (finster). Muaß denn grad wer z' Grund gehn — wann i zu mein Recht keman will! Is denn gar a so was Seltsams, wann a Kind in Nam vo seine Eltarn wissan möcht — Lang gnua han i drauf gwart und Schand und Spott und Bosheit tragn müassan zwegn den —

Leonie. Armer Junge —

Bernhard (gepreßt). Und hiaz werns do net haltan.

Leonie (kraftlos). Nein Bernhard, ich habe Mitleid, großes Mitleid, aber mehr noch mit der Mutter, als mit dem Sohn — (die Hand auf seinen Arm legend) Der ist jung und stark und muthig — alle Bitterniß geht vorüber und für ihn kommen noch viele goldene Tage ... Aber die Mutter, die hat keine Zukunft mehr — keine —

Bernhard (finster). Warum denn dees?

Leonie (tief Athem holend, schreitet zum Brunnen, als wenn sie eine Stütze suchte). Ich will sie dir erzählen die Geschichte Deiner Mutter — ich hab es ihr und Dir gelobt — und so muß es sein. Sie is sehr kurz diese Geschichte — (Bernhard tritt ihr gespannt näher.)

Leonie (langsam, starr vor sich hinblickend). Deine Mutter war ein sehr junges, vornehmes Mädchen und heiratete einen reichen Mann, der um vieles älter war als sie und den sie nicht lieben konnte —

Bernhard (schweigt, sieht zur Erde).

Leonie. Sie hatte ihn geheiratet, weil er sehr reich war — und dann, dann trat plötzlich ein andrer

Mann in ihr Leben, und den liebte sie, glaubte ihn zu lieben . . . Und dieses Mannes Kind . . .

Bernhard (aufblickend). Bin wol i —

Leonie. Ja. Und deshalb mußtest Du heimlich zur Welt kommen und versteckt bleiben vor den Augen der Leute.

Bernhard (nickt langsam mit dem Kopf). Deszwegn —

Leonie. Und dann, dann starb der kranke Mann und Deine Mutter heirathete den Andern, dessen Kind Du warst — —

Bernhard (hebt erwartungsvoll den Kopf).

Leonie. Und du mußtest noch immer verheimlicht werden, damit niemand erfahren konnte, was früher geschehen . . .

Bernhard (heftig). Des war net recht. Hätten meine Eltern net furtgehn kinnan, weit, weit furt, und mi mitnehman?

Leonie (schmerzlich). Ja, das hätten sie können aber doch war es unmöglich. Sie hätten alles aufgeben müssen, ihre Stellung, ihre Freunde, alles — —

Bernhard (bitter). Freili — dees war i net wert . . .

Leonie Und später (sie verändert ihre Stellung). später hatten sie wieder Kinder — — und das Leben der großen Welt rauschte um sie her und es war so viel Arbeit da und so viel Zerstreuung . . .

Bernhard (blickt forschend und finster auf sie).

Leonie (mit einiger Anstrengung). Und sie haben Dich vergessen —

Bernhard Vergessan — ja, ja, wia denn

sonst, völli vergessan! Und i, i Narr, der i bin, i han alleweil gwart und gwart! (Pause.) Aba wia denn nacher — i han mi ja gmeldt, wia i größa worn bin, — und han koan Antwort kriag —

Leonie (sich halb abwendend). Das war die Angst, Bernhard, die brennende Angst vor dem, was daraus entstehen könnte — vor dem Spott, der Verachtung der Menschen — — Dein Vater ist ein Mann in hoher Lebensstellung, stolz, ehrgeizig — — und Deine Mutter war schwach und feig, sein willenloses Werkzeug. Aber später hat sie das alles bereut und die Sehnsucht ist über sie gekommen und sie will nun alles gut machen an ihrem Sohne — sie will ihn reich und unabhängig machen, er soll nach seinem Herzen leben, das Mädchen, das er liebt, zum Weib nehmen . . .

Bernhard (unterbricht sie). So, des is, was ma gebn wolln, a Geld — na, i brauch koa Geld und i nimm koan's. Mein ehrlichn Nam will i habn und sunsta nix. 's heiratn, — des wia i aso a no zambringan, denn des Derndl, das i gern habn kunnt, des schaut auf's Herz und net auf's Geld — . . . des war nix, mir a Geld anbiatn, wann mi nach da Liab und nach da Grechtikeit verlangt! des kunnt a Muata do gspürn, wann's scho sunsta neamd gspürt.

Leonie (in gesteigertem Ton). Klag deine Mutter nicht an, Bernhard, — sie hat viel gelitten — sie leidet noch um deinetwillen . . . und sie wird nicht früher Ruhe finden, als bis du ihr verziehen hast, — (näher kommend). Sie war schwach, feig, — verstehst du das — — — sei barmherzig, Bernhard!

Bernhard (blickt sie mit erwachendem Bewußtsein an, erstickt aufschreiend). Herrgott im Himmel . . . (er taumelt einen Schritt zurück und steht dann, wie festgewurzelt, macht eine Bewegung nach ihr hin). Du — Du . . .

Leonie. Deine Mutter!

Bernhard (steht in großer Bewegung — durch den ganzen Menschen geht ein leises Zittern).

Leonie (geht auf ihn zu und legt ihre Arme um ihn). Mein liebes, liebes Kind!

Bernhard. Und er — — der Pflichtver= gessene, der da unten?

Leonie (matt). Dein Vater —

Bernhard (sich an die Stirn fassend.) I kann's völli net glaubn — — ja, ja, — a so werds sein — war i denn blind die ganz Zeit über — — i hätt ma's denkan sulln — — — aber no, wia war i auf des keman, daß mei Muata — — i han alleweil gmoant si müaßt weit, weit furt sein — und hiaz is a so — —

Leonie (seinen niederhängenden Arm streichelnd). Bernhard!

Bernhard. Hiaz woaß i's, was mi so packt hat, bald i di gsegn han — was mi so hintriebn hat zan Gschloß — (sieht sie an). Ich han wol glaubt, daß mei Muata a fürnehme is, aber daß just a so is — a so jung no . . .

Leonie. So — so hülflos klein warst Du, als ich Dich verlassen mußte — und jetzt hab ich Dich wieder, ganz so, wie ich Dich haben wollte, frei und kraftvoll . . .

Bernhard. Lang g'nua hat's dauert, bis ma zamkeman sein —

Leonie. Du wirst mir verzeihen, jetzt, wo ich Dich endlich habe — nicht wahr?

Bernhard. Du haſt frei net anders kinnan — i muaß as ja wol einſegn —

Leonie. Die Feigheit iſt eine Krankheit, ein ſchleichendes Fieber, das alle Willenskraft lähmt, es gehen ſo viele daran zu Grunde... man möchte es abſchütteln, aber man kann nicht...

Bernhard (mit losbrechender Zärtlichkeit). Hiaz werd's uber anders damit — laſſ nur guat ſein, hiaz is all's ausgredt zwiſchen uns — — zu be andern, na, da kunnt i koa Zuatraun net habn — mei Lebtag net — aber Dir, Dir will i nix nachtragn — di will i hütn und pflegn mit aller Liab, die i da drin für di aufgehobn hab, — a ſo a lange Zeit — und vor neamd ſollſt di fürchtan derfan — i ſteh für bi ein mit mein Herzbluat —

Leonie. Ja, Du biſt da mit deiner geraden Seele! Aber die andern ſind auch da — das Fieber, das Dein Zuſpruch lindert, das fachen die wieder an.

Bernhard (ſchüttelt den Kopf).

Leonie. Ja, Bernhard, wenn ein Menſch es vermöchte, mir das Leben noch einmal lieb zu machen, Du wärſt dieſer Menſch! Aber trotz alledem, — man kann nicht ſo heraus aus ſich ſelbſt, man kann nicht elend feig ſein und dann plötzlich muthig — die Seele läßt nicht ſo ſpielen mit ſich, es bleiben alle Schlacken daran hängen von dem Rauch und Brand vergangener Tage — —

Bernhard. Des vaſteh i net —

Leonie. Auch das iſt meine Schuld, alles die meine! Unſre Herzen konnten ſich finden, aber unſer

Denken trennt eine tiefe Kluft. Du bist schlicht und wahr geblieben, mich haben Bildung und Lüge zerzaust und zerbogen. Heute kannst Du das nicht so fühlen, wie ich, aber die Zeit würde kommen, müßte kommen, in der wir einander nicht verstehen können...

Bernhard. Glaubst?

Leonie. Ja, Bernhard, alle Liebe kann diese Kluft nicht ausfüllen — und deshalb — (leise, in einem geheimnißvollen Ton). deshalb giebt es nur ein Mittel, ein einziges —

Bernhard (befremdet). Was sullt des sein?

Leonie. Ich kann Dir so vieles nicht sagen, Kind, — man soll in klares Wasser keinen Staub schütten. Und in mir ist so vieles Staub und Asche. — — — Aber — — — (sich besinnend, in anderem Ton). Das wird nun anders, wenn Du mir einen kleinen Wunsch erfüllst —

Bernhard (wie früher). An Wunsch? — Mei — red do nur — durch's helle Feuer geh i für di —

Leonie (leise). Es ist ein Aberglaube, ein hübscher Aberglaube — (mit einem Lächeln). Von dem Edelweiß dort oben — Du sagtest vorhin, daß so viel dort oben wächst ...

Bernhard. Freili wol, — 's ganze Gstoan is vull —

Leonie. Bring mir ein paar von dort — ein paar große weiße Sterne, ich will sie hierherlegen — das heilt vom Fieber ...

Bernhard (befremdet). Des han i no nia ghört — mei, muaß 's denn grad hiaz sein, — — Deine

Augen glanzen a so — war bessa, i tragat di in d' Hüttn eini — — oder i ruasat . . .

L e o n i e (heftig abwehrend). Nein, nein, ich sage Dir ja — das hilft mir — einzig das — — geh, geh, Bernhard . . .

B e r n h a r d (beklommen). Mei, wann i muaß — aber werd's denn nacher gwiß besser?

L e o n i e. Ja, viel, viel besser — (er geht, sie sieht ihm nach, leise, die Hände wie segnend nach ihm ausgestreckt) Mein armes, armes Kind . . . (Bernhard verschwindet hinter der Felswand.)

L e o n i e (geht zum Brunnen zurück, lauscht einen Augenblick, nimmt ein Glas vom Tischchen, füllt es mit Wasser. Nimmt ein Pulver aus ihrem Mieder, schüttet den Inhalt hinein, spricht indessen): So, mein Freund Morphin, das ist der letzte Liebesdienst, den du mir erweisen sollst. Jahre lang hast du mir hinweggeholfen über Gewissensqualen und Ekel — thu nun das letzte und beste an mir und mach ein Ende! Mir graut vor dem Weiterleben . . . (trinkt langsam, stellt das Glas zurück, nachdem sie es im Brunnen mehrmals gefüllt und geleert hat, um es zu reinigen.) Ah — wie göttlich frei das macht, das Bewußtsein des nahen Todes!

Wenn ich das damals gethan hätte, damals, als ich so unglücklich war in meiner ersten Ehe und Botho kam als tröstender Verführer . . . aber ich war damals so jung, so lebensdurstig, da stirbt man ungern. Jetzt ist das anders, mein Pfad geht abwärts, ob ich früher oder später unten anlange — einerlei. Niemand braucht mich mehr und ich brauche niemand . . .

Botho — ich verachte ihn, denn er hat mich schlecht gemacht. Karl und Mary sind seine Kinder, nur die seinen, — sowie Bernhard nur das meine ist! Ich war nur leiblich ihre Mutter, aus meiner Seele ging nichts in sie hinüber. Die eine, letzte Sehnsucht ist gestillt — nun ist es aus mit allem ... (mit einem Lächeln). In Wien werden sie die Köpfe zusammenstecken, — wissen Sie schon, — die arme Hannek — ein so horribler Zufall ... sie war noch immer eine schöne Frau ... ja, ja, das kommt von diesem Morphinismus — eine gefährliche Leidenschaft. Sie hat sich in der Dosis vergriffen, sagt man ... (ernst). Und niemand wird ahnen, welch ein Schicksal mich bis hierher getrieben hat! (sie fühlt an ihre Schläfe, sieht in einen kleinen Taschenspiegel.) Sonderbar — ganz anders war es sonst — ich wurde immer schöner, immer begehrenswerter ... ja, das ist jetzt vorbei, Lony! (sich umwendend). Hat da nicht jemand Lony gesagt? Nein, das war ich selbst. Botho hat mich so genannt, wenn er zärtlich war, — — (schüttelt sich). Wie tief bin ich gesunken durch diese Zärtlichkeiten ...

Wie sie es aufnehmen werden — pah, Leben und Tod sind im Grunde nichts als eine Komödie. (wankt) Mein Gott — wie schwach ich bin — — ja, ja, es war auch genug, um einen ganzen Monat lang lebensfroh zu scheinen — Er sucht Edelweiß ... armer Junge — ich habe Dir das Leben geschenkt, um Dir Leid zu bereiten und mit einer Lüge muß ich Dich im letzten Augenblick von meiner Seite drängen ... aber er ist jung, die goldene Jugend überwindet Alles ...

Rosi (kommt aus der Hütte mit einem Glas Milch).

Leonie. Ah — das kleine Mädel, das ihn lieb hat — ja, ja, so ist es am besten —

Rosi. Da bring i a weng a Mili — und die

Fräuln laßt fragn, ob die gnä Frau net einagangan wullt — hergricht war eh scho alls . . .

Leonie. Komm her, mein Kind, gieb mir Deine Hand.

Rosi (thut es).

Leonie. Du bist die Rosi, nicht wahr?

Rosi. Ja, in Pfügelhofer sei Tochter.

Leonie. Und Du liebst den Bernhard, nicht wahr?

Rosi. Ja, großmächti gern han ihn — und zwegn eahm hatt i eh was am Herzn — mei, derfans net bös sein, wan i a so daherred — aber i muaß halt sagn — daß man do net furtneman . . .

Leonie (lächelt, streicht Rosi über's Haar). Nein, mein Kind, er bleibt Dein, — ganz Dein — wo ich hingehe, da kann er mir nicht folgen, soll's auch nicht. Er wird Dich lieb haben, Du wirst ein braves, fröhliches Weib an seiner Seite sein — und wenn Ihr Kinder habt — dann sollst Du sie manchmal bei mir spielen lassen, an hellen Frühlingstagen, wenn die Hügel grün werden . . . (sie entfärbt sich, versucht zu stehen, sinkt in Rosi's Arme).

Rosi. Heilig Maria — was is denn dees?

Leonie (matt). Das ist sterben, mein Kind —

Rosi (thut einen Aufschrei).

Martha (von Wabi und Bonifaz gefolgt, stürzt aus der Hütte). Um Gotteswillen, was ist Ihnen?

Rosi. Sie stirbt, sie stirbt —

Martha. Aber das ist ja unmöglich — (drängt Rosi leise beiseite und kniet zu Leonie.)

Leonie (leise). Still, Martha, Morphin — — —

zu stark, ich habe mich in der Dosis vergriffen . . . niemand darf es wissen.

Martha. Barmherziger Gott! (Sich umwendend.) Schnell — hinab in's Dorf — zum Arzt — in's Schloß (Bonifaz und Wabi ab).

Leonie. Lassen Sie — da kann niemand helfen . . .

Martha. Wir wollen Sie hineintragen —

Leonie. Nein, in freier Luft, frei — — (mit suchendem Blick). Kommt er nicht?

Martha. Wer?

Leonie. Mit den großen, weißen Sternen.

Bernhard (kommt die Wand herab mit Edelweiß). So, da bin i, — war just heunt net leicht zan kriagn . . . Was is — leicht wer krank — Rosi —

Rosi (ihm entgegen). Stark sein, Bernhard, stark, — sie wird sterben . . .

Bernhard (mit einem Aufschluchzen zu seiner Mutter hinstürzend). Muata — mei arme Muata!

Leonie (die Hand auf ihn legend). Das ist die Sühne und die Erlösung zugleich — — Wir werden einander nahe bleiben, ohne Kampf und Leid . . .

Martha. Das also war's!

Leonie. Es ist das Ende der Feigheit, Martha — bleiben Sie muthig, nur dem Muthigen gehört die Zukunft . . .

Rosi (ausspähend). Der Herr Pfarrer kimmt zruck vo der Einöd — mei, an solchen Willkomm hat er si net dahofft (geht ihm entgegen in die Koulisse, kommt dann mit ihm hervor, von Wastl gefolgt, der in der Entfernung stehen bleibt).

Der Pfarrer (nähert sich sichtlich bestürzt der Gruppe). Ich bin erschüttert — heut treibt es mich von Tod zu Tod...

Bernhard (den Kopf hebend). — Hiaz han i mei Muata gfundan, Herr Pfarrer, hiaz han i's g'fundan!

Pfarrer (mild). Denk an Dein eigen Wort, Bernhard, — lieber am Kirchhof als gar net — — was der Herr schickt, muß getragen werden —

Leonie (den Kopf zu ihm wendend, mit weitoffenen Augen). Ihre Hand, Pfarrer, — ich habe das Wort behalten von gestern — ich habe mein Unrecht gut gemacht, nicht wahr? Lüge durch Wahrheit...

Pfarrer (sanft und fest). Ja, Sie haben Ihr Unrecht gut gemacht, an der gleichen Stelle, an der es begangen wurde. (Seine Hände über den ihren faltend mit einem Aufblick zum Himmel einfach und fest.) Daß wir das Alle, Alle von uns sagen könnten: Die Lüge stirbt und es lebt die Wahrheit!

Der Vorhang fällt.

Ende.

Von **Sophie von Khuenberg** erschien ferner:

Frost und Flammen. Gedichte. (Verlag von A. G. Liebeskind, Leipzig 1884.)

Psyche. Neue Gedichte. (Verlag von Konrad Kloß, Hamburg 1897.)

Nach der Natur. Skizzen in Prosa. (Verlag von Franz Pechel, Graz 1889.)

Plein air. Neue Prosa. (Verlag von Konrad Kloß, Hamburg 1893.)

Druck von Gottfr. Pätz in Naumburg a. S.